华盖集

鲁迅自评版

作品集

鲁迅 著 刘增人 编纂

济南出版社

# 编纂缘起

一

2024年1月，济南出版社邀请我为出版名家经典方面的选题出谋划策。3月中旬，在济南出版社召开的一次小型座谈会上，我提出了两个选题建议，其中之一是中国现代文学名家自评书系。现在看到的"鲁迅自评版作品集"就是自评书系的第一种。

谁来编纂这套关于鲁迅作品的书？第一时间我想到刘增人老师（以下简称"刘老师"）。1978年3月，作为77级学生，我听到的第一个学术报告就是关于鲁迅的，而报告人正是刘老师。1979年，第一次读到书新老师编写的学术著作《鲁迅生平自述辑要》，作者之一也是刘老师。1980年，偶然翻阅《中国现代文学研究丛刊》时，惊喜地看到了刘老师的论文《鲁迅日记中的冯雪峰》。1981年，第一次旁听学术研讨会，是暑期在青岛举行的山东省纪念鲁迅诞辰100周年学术讨论会，刘老师的发言在会上产生了良好的反响……我对鲁迅的学术认知是刘老师启蒙的。此后，我经常读到刘老师在《鲁迅研究》、《鲁迅研究月刊》（前身为《鲁迅研究动态》）、《山东师范大学学报》等刊物上发表的研究《呐喊》《彷徨》《故事新编》及鲁迅人格范型的系列学术论文，对他的鲁迅研究更加敬佩。后来得知刘老师被人民文学出版社聘为新版（即2005年版）《鲁迅全集》修订编辑委员会委员，主要负责新版第四卷的修订编辑工作。他与冯光廉教授、谭桂林教授合作出版的《多维视野中的鲁迅》获得山东省社会科学优秀成果奖一等奖。他还负责组建了据说是国内第一个鲁迅研究中心，并担任主任。每年一部的《鲁迅研究年鉴》由刘老师与郑欣淼、孙郁主编。从《2003年鲁迅研究论文综述》到《2014年鲁迅研究述评》《2014年鲁迅研究中的热点和亮点》，每年都有刘老师与崔云伟合作的鲁迅研究之研究的论文发表……因此，我举贤不避"亲"，向出版社郑重推荐，请刘老师编纂这套关于鲁迅作品的书，书原名为"鲁迅创作自评书系"。

出版社同意后，我征求了刘老师的意见。刘老师愉快地答应了，并且很快发来这套书的初步设想：

鲁迅先生是中国现代伟大的作家与思想家，他的文学创作是中国百余年来宝贵的精神财富。阅读与研究鲁迅的文学作品，是中国读书界与学术界永恒的事业，是永不凋谢的心灵之花。而鲁迅对自己文学创作的评价与反顾，则是我们后辈深入理解鲁迅文学创作最便捷、最可信的途径。

为此，我们为广大读者和研究者提供这一"鲁迅创作自评书系"，希望给愿意对鲁迅文学创作登堂入室直探辉煌的同行者提供必备的钥匙和路灯！其中有鲁迅对自我创作历程或欣喜或悲悯的回顾，有对同行挚友的感戴与敬仰，有对时代背景的真知灼见与深情缕述，有对文坛宵小的嘲讽，有对"党国"检察官卑劣手法与心态的揭露……文章千古事，得失寸心知！我们将以这样一套书系，与您一路攀登，一路收获，一路欣悦！

本书系拟编为18册，即《呐喊》《彷徨》《故事新编》《野草》《朝花夕拾》《坟》《热风》《华盖集》《华盖集续编》《而已集》《三闲集》《二心集》《南腔北调集》《伪自由书》《准风月谈》《花边文学》《且介亭杂文》《且介亭杂文二集》。

每册内容如下：

一、鲁迅著作原文

二、鲁迅对该册及具体作品的自评与回忆

三、编者对该册版本流变的概括介绍

……

## 二

本套书编纂者的几个重要情况介绍如下。

### 1. 编纂者的年龄

刘老师生于1942年，本套书面世时83周岁。在耄耋之年、身体多病的情况下，他按时完成了原计划的全部书稿，除鲁迅原作及自评内容外，还包括各册版本流变的概括介绍等。如此高龄，如此短的时间，完成如此繁重的任务，令人敬佩。

### 2. 编纂者在岗期间主要工作简介

1963年，刘老师于山东师范学院中文系毕业后，在泰安师专历任助教、讲师、副教授。曾任泰安师专中文系副系主任、泰安市人大代表等。在泰安工作期间，他与冯光廉教授合作出版《王统照研究资料》、"中国现代作家选集"《王统照》《臧克家》等著作；他还撰写了稍后出版的，也是与冯光廉教授合著的《叶圣陶研究资料》《臧克家研究资料》《臧克家作品欣赏》等著作；他还主编并出版了《中国现代文学》《中国现代文学作品选》等。

1987年底，刘老师被调到青岛大学中文系，不久晋升教授。退休前，刘老师在青岛大学主要承担了三大类工作：教学、行政、科研。教学工作包括本科的中国现代文学史课、非中文专业的文学欣赏课，助教进修班和研究生的教学任务，还主持完成了多项教学成果，其中两项获得山东省省级教学成果奖的一等奖。行政工作主要是先后担任副系主任、系主任，负责申报的三个硕士学位授权点均获得成功，领衔申报的博士点通过了通讯评议，成为青岛大学中文专业有史以来距离博士点最近的一次。科研方面出版了《叶圣陶传》《王统照传》《臧克家诗歌选读》《王统照论》《中国新诗启示录——臧克家论稿》《〈繁星〉〈春水〉导读》《刘增人文选》等，还有与张用蓬合著《中国近百年文学体式流变史·戏剧体式卷》，另外还有与冯光廉教授共同主编的学术著作《中国新文学发展史》，与冯光廉教授和谭桂林教授共同主编的《多维视野中的鲁迅》，等等。这期间，他获得山东省社会科学优秀成果奖一等奖、山东省第一届齐鲁文学奖等。总之，在鲁迅研究之外，刘老师又取得了多方面的显著成果。2000年，他当选青岛市劳动模范，可谓实至名归。

### 3. 编纂者退休后的成就

2003年，刘老师退休了。先是他的散文创作引人瞩目，如他的散文名篇《滇绿》雅俗共赏："雅"的证据是收入人民文学出版社编选出版的《21世纪年度散文选——2009散文》；"俗"的证据是此文的网络阅读量很快就达到"10万+"。更令人震惊的是，退休后刘老师的中国近现代文学期刊研究取得了同行难以比拟的成就：在本学科权威学术期刊《文学评论》《中国现代文学研究丛刊》《新文学史料》等连续发表研究中国近现代文学期刊的学术论文，先后出版了研究中国近现代文学期刊学术著作《中国现代文学期刊史论》《1872-1949文学期刊信息总汇》。这两种著作均获得教育部颁发的高等学校科学研究优秀成果奖（人文社会科学）二等奖。科研项目方面，刘老师既拿到两项国家社科基金项目，又拿到"国家三大基金"之一的国家出版基金项目，更难得的是他又荣膺国家社科基金重大项目首席专家。这些奖项和项目都是关于研究中国近现代文学期刊的。

　　山东师范大学早在20世纪50年代末，就开始构建国内中国现代文学史料研究的学术高地，也是中国现代文学期刊的学术高地。60年代初期推出中国现代文学期刊整理的最早成果《1937－1949年主要文学期刊目录索引》（含文学期刊30种），到80年代初期与北京大学同行共同编纂《中国现代文学期刊目录汇编》（出版后成为权威资料著作）。2005年，刘老师率领其研究生编著的《中国现代文学期刊史论》（新华出版社出版，116万字），勘探出中国现代文学期刊的数量，由《中国现代文学期刊目录汇编》收集到的276种期刊，扩大到3500多种。2015年，刘老师带领女儿、女婿，以一家之力又完成了惊世大业，编著成500多万字、四大卷的学术巨著《1872－1949文学期刊信息总汇》。该书容纳的期刊总数超过了1万种。我曾经做过如下比喻："这一个个不断攀升的纪录，好似一座座越来越高的山峰。假如把一个期刊比作1米，《1937－1949年主要文学期刊目录索引》像是一个30米高的土包，《中国现代文学期刊目录汇编》像是276米的小山，《中国现代文学期刊史论》则是3500多米的高峰，《1872－1949

文学期刊信息总汇》简直就是耸入万米云霄的世界屋脊。"表面看只是期刊数量的一次次剧增，实际上是在不断拓展恢宏广大的中国近现代文学世界。

这就是编纂本套书的刘增人教授。

魏建

2024年11月

# 出版说明

　　鲁迅的作品不仅是文学创作的典范，也是时代的写照。他的小说以深刻洞察剖析社会与人性，唤起大众的觉醒意识；他的散文用真挚情感和细腻笔触回忆童年与过往，既有温情童趣，又有对人生社会的思考；他的散文诗以独特象征手法和深邃哲理，展现内心矛盾挣扎及对理想的执着追求，给人启迪与震撼；他的杂文如投枪匕首，直斥反动势力的暴行、社会的腐朽。为帮助读者更好地阅读、更透彻地理解鲁迅及其作品，根据中国现当代文学国家重点学科学术带头人、山东师范大学教授魏建的建议，从鲁迅"自评"的视角出发，我们策划了丛书"鲁迅自评版作品集"。

　　本丛书收录的是鲁迅自编的作品集，涵盖小说、散文、散文诗、杂文，共18册，主要包括鲁迅作品的原文及"鲁迅自评"板块。"鲁迅自评"板块包括鲁迅的写作目的、写作心境、对自己作品的评价及成书过程等，与作品相关的，鲁迅本人对作品的直接阐述均有收录，真实地展现了鲁迅的创作状态，描摹了鲁迅创作的心路历程，反映了鲁迅自己的"鲁迅观"。其中精选了鲁迅的大量自评、自述文字，力图真实地展现鲁迅的思想、风采、品格、情操、意志乃至审美方式、话语艺术、处世哲学等仅仅属于鲁迅个人的特质，使读者能够与鲁迅进行深度的灵魂交流，汲取鲁迅思想的滋养。

本丛书也是研究鲁迅及其文学创作的资料宝库。鲁迅自评的内容，为读者深入研究鲁迅的写作心境、文学思想、创作状态等提供了关键线索，能帮助读者探究其在不同时期受社会环境、个人经历影响而产生的创作转变。

在本丛书的编撰过程中，参考了已出版的诸多《鲁迅全集》版本，如1938年版、1981年版、2005年版等，以及近几十年一些研究鲁迅的文章和读物，在此一并表示感谢。坚持尊重历史、尊重原著的原则，严格保证作品内容的完整性，保留带有鲁迅个人风格与时代印记的用语，保留异体字、通假字及原版本标点符号用法，呈现给读者原汁原味的鲁迅作品。同时，根据读者的阅读习惯，参照《现代汉语词典》《辞海》等工具书，以简明易懂、通俗畅达为宗旨，对较难理解的字词、语句酌加注释，以提高读者的阅读体验。

希冀借助本丛书的出版，推动鲁迅作品在当代的传播与研究，让鲁迅的文字继续照亮后来者的思考之路。

# 目录

鲁迅自评

# 《华盖集》

·

## 自评

◆

积在天津的纸张运不到北京，连印书也颇受战争的影响，我的旧杂感的结集《华盖集》付印两月了，排校还不到一半。可惜先登了一个预告，以致引出陈源教授的"反广告"来——

我不能因为我不尊敬鲁迅先生的人格，就不说他的小说好，我也不能因为佩服他的小说，就称赞他其余的文章。我觉得他的杂感，除了《热风》中二三篇外，实在没有一读之价值。（《现代评论》七十一，《闲话》。）

这多么公平！原来我也是"今不如古"了；《华盖集》的销路，比起《热风》来，恐怕要较为悲观。而且，我的作小说，竟不料是和"人格"无关的。"非人格"的一种文字，像新闻记事一般的，倒会使教授"佩服"，中国又仿佛日见其光怪陆离了似的，然则"实在没有一读之价值"的杂感，也许还要存在罢。

《无花的蔷薇之三》
（一九二六年五月六日）

◆

〔六月〕三日　晴。上午寄素园信并《〈穷人〉小引》。寄小峰信，午后得复并《华盖集》廿本，下午复之。

《鲁迅日记》
（一九二六年）

◆

《华盖集》（短评集之二，皆一九二五年作。印行所同上[1]。）

《鲁迅译著书目》
（一九三二年四月二十九日）

---

1 指北新书局。

◆

我的杂感集中,《华盖集》及《续编》中文,虽大抵和个人斗争,但实为公仇,决非私怨,而销数独少,足见读者的判断,亦幼稚者居多也。

《致杨霁云》
(一九三四年五月二十二日)

# 《战士和苍蝇》
·
## 自评

◆

〔三月〕二十二日　昙。星期休息。上午许诗荃、诗荀来，赠以《苦闷的象征》《精神与爱的女神》各一本。长虹来。目寒、霁野来。高歌、培良来。有麟来。午后璇卿、钦文来。下午小雨，晚晴，风。有麟来持去短文一篇[1]。

《鲁迅日记》
（一九二五年）

---

1 短文一篇，即《战士和苍蝇》。后收入《华盖集》。

8

◆

从赵雪阳先生的通信（三月三十一日本刊）里，知道对于我那"青年必读书"的答案曾有一位学者向学生发议论，以为我"读得中国书非常的多。……如今偏不让人家读，……这是什么意思呢！"

我读确是读过一点中国书，但没有"非常的多"；也并不"偏不让人家读"。有谁要读，当然随便。只是倘若问我的意见，就是：要少——或者竟不——看中国书，多看外国书。

这是这么一个意思——

我向来是不喝酒的，数年之前，带些自暴自弃的气味地喝起酒来了，当时倒也觉得有点舒服。先是小喝，继而大喝，可是酒量愈增，食量就减下去了，我知道酒精已经害了肠胃。现在有时戒除，有时也还喝，正如还要翻翻中国书一样。但是和青年谈起饮食来，我总说：你不要喝酒。听的人虽然知道我曾经纵酒，而都明白我的意思。

我即使自己出的是天然痘，决不因此反对牛痘；即使开了棺材铺，也不来讴歌瘟疫的。

就是这么一个意思。

还有一种顺便而不相干的声明。一个朋友告诉我，《晨报副刊》上有评玉君的文章，其中提起我在《民众文艺》上所载的《战士和苍蝇》的话。其实我做那篇短文的本意，并不是说现在的文坛。所谓战士者，是指中山先生和民国元年前后殉国而反受奴才们讥笑糟蹋的先烈；苍蝇则当然是指奴才们。至于文坛上，我觉得现在似乎还没有战士，那些批评家虽然其中也难免有有名无实之辈，但还不至于可厌到像苍蝇。现在一并写出，庶几免于误会。

《这是这么一个意思》
（一九二五年四月三日）

# 《导师》《长城》

·

## 自评

◆

　　案：这《编完写起》共有三段，第一段和第三段都已经收在《华盖集》里了，题为《导师》和《长城》。独独这一段没有收进去，大约是因为那时以为只关于几个人的事情，并无多谈的必要的缘故。

《编完写起·案语》

（一九三五年二月十五日）

◆

白波先生：

　　我所憎恶的所谓"导师"，是自以为有正路，有捷径，而其实却是劝人不走的人。倘有领人向前者，只要自己愿意，自然也不妨追踪而往。但这样的前锋，怕中国现在还找不到罢。所以我想，与其找胡涂导师，倒不如自己走，可以省却寻觅的工夫，横竖他也什么都不知道。至于我那"遇见森林，可以辟成平地，……"这些话，不过是比方，犹言可以用自力克服一切困难，并非真劝人都到山里去。

鲁迅

《"田园思想"》
（一九二五年六月十二日）

# 《并非闲话（二）》

·

## 自评

◆

〔九月〕二十日　星期。晴。上午寄李玄伯稿[1]。

《鲁迅日记》
（一九二五年）

---

1 寄李玄伯稿，即《并非闲话（二）》。后收入《华盖集》。

# 《十四年的"读经"》
·
## 自评

◆

〔十一月〕二十日　晴。晨得张凤举信。上午往大中讲。访韦素园，未遇。访李小峰，见赠《竹林故事》二本。寄李玄伯稿[1]。

《鲁迅日记》
（一九二五年）

---

1 寄李玄伯稿，即《十四年的"读经"》。后收入《华盖集》。

# 《我观北大》

·

## 自评

◆

〔十二月〕十四日　晴。上午得丛芜稿。往北大讲。访季野不值，留信而出。寄北大学生会稿[1]。

《鲁迅日记》
（一九二五年）

---

1 寄北大学生会稿，即《我观北大》。后收入《华盖集》。

# 《碎话》
·
## 自评

◆

〔十二月〕二十四日　晴。上午访李小峰。季市来，未遇，留函而去。下午寄李玄伯信并稿[1]。得有麟信。晚季市来。

《鲁迅日记》
（一九二五年）

---

1 稿，即《碎话》。后收入《华盖集》。

华盖集

杂文集《华盖集》一九二六年六月由北京北新书局初版发行。

除写于一九二五年十二月三十一日的《题记》和一九二六年二月十五日的《后记》外，收入《咬文嚼字（一至二）》《青年必读书》《忽然想到（一至四）》《通讯》《论辩的魂灵》《牺牲谟》《战士和苍蝇》《夏三虫》《忽然想到（五至六）》《杂感》《北京通信》《导师》《长城》《忽然想到（七至九）》《"碰壁"之后》《并非闲话》《我的"籍"和"系"》《咬文嚼字（三）》《忽然想到（十至十一）》《补白》《答ＫＳ君》《"碰壁"之余》《并非闲话（二）》《十四年的"读经"》《评心雕龙》《这个与那个》《并非闲话（三）》《我观北大》《碎话》《"公理"的把戏》《这回是"多数"的把戏》杂文共三十一篇，都是一九二五年所作。

鲁迅生前，《华盖集》共印行九版次。

# 题记

　　在一年的尽头的深夜中，整理了这一年所写的杂感，竟比收在《热风》里的整四年中所写的还要多。意见大部分还是那样，而态度却没有那么质直了，措辞也时常弯弯曲曲，议论又往往执滞在几件小事情上，很足以贻笑于大方之家。然而那又有什么法子呢。我今年偏遇到这些小事情，而偏有执滞于小事情的脾气。

　　我知道伟大的人物[1]能洞见三世，观照一切，历大苦恼，尝大欢喜，发大慈悲。但我又知道这必须深入山林，坐古树下，静观默想，得天眼通，离人间愈远遥，而知人间也愈深，愈广；于是凡有言说，也愈高，愈大；于是而为天人师。我幼时虽曾梦想飞空，但至今还在地上，救小创伤尚且来不及，那有余暇使心开意豁，立论都公允妥洽，平正通达，像"正人

---

1 伟大的人物，这里指释迦牟尼。

君子"[1]一般；正如沾水小蜂，只在泥土上爬来爬去，万不敢比附洋楼中的通人[2]，但也自有悲苦愤激，决非洋楼中的通人所能领会。

这病痛的根柢就在我活在人间，又是一个常人，能够交着"华盖[3]运"。

我平生没有学过算命，不过听老年人说，人是有时要交"华盖运"的。这"华盖"在他们口头上大概已经讹作"镬盖"了，现在加以订正。所以，这运，在和尚是好运：顶有华盖，自然是成佛作祖之兆。但俗人可不行，华盖在上，就要给罩住了，只好碰钉子。我今年开手作杂感时，就碰了两个大钉子：一是为了《咬文嚼字》，一是为了《青年必读书》。署名和匿名的豪杰之士的骂信，收了一大捆，至今还塞在书架下。此后又突然遇见了一些所谓学者，文士，正人，君子等等，据说都是讲公话，谈公理，而且深不以"党同伐异"为然的。可惜我和他们太不同了，所以也就被他们伐了几下，——但这自然是为"公理"之故，和我的"党同伐异"不同。这样，一直到现下还没有完结，只好

---

1 "正人君子"，指现代评论派的胡适、陈西滢、王世杰等。
2 通人，博古通今、学识渊博的人。
3 华盖，古星名。旧时迷信的人有华盖星犯命之说。

"以待来年"。

也有人劝我不要做这样的短评。那好意，我是很感激的，而且也并非不知道创作之可贵。然而要做这样的东西的时候，恐怕也还要做这样的东西，我以为如果艺术之宫里有这么麻烦的禁令，倒不如不进去；还是站在沙漠上，看看飞沙走石，乐则大笑，悲则大叫，愤则大骂，即使被沙砾打得遍身粗糙，头破血流，而时时抚摩自己的凝血，觉得若有花纹，也未必不及跟着中国的文士们去陪莎士比亚吃黄油面包之有趣。

然而只恨我的眼界小，单是中国，这一年的大事件也可以算是很多的了，我竟往往没有论及，似乎无所感触。我早就很希望中国的青年站出来，对于中国的社会，文明，都毫无忌惮地加以批评，因此曾编印《莽原周刊》，作为发言之地，可惜来说话的竟很少。在别的刊物上，倒大抵是对于反抗者的打击，这实在是使我怕敢想下去的。

现在是一年的尽头的深夜，深得这夜将尽了，我的生命，至少是一部分的生命，已经耗费在写这些无聊的东西中，而我所获得的，乃是我自己的灵魂的荒凉和粗糙。但是我并不惧惮这些，也不想遮盖这些，而且实在有些爱他们了，因为这是我转辗而生活于风沙中的瘢痕。凡有自己也觉得在风沙中转辗而生活着的，会知道这意思。

我编《热风》时，除遗漏的之外，又删去了好几篇。这一回却小有不同了，一时的杂感一类的东西，几乎都在这里面。

一九二五年十二月三十一日之夜，记于绿林书屋东壁下。

（最初发表于1926年1月25日《莽原》半月刊第二期）

华
盖
集

# 咬文嚼字

## 一

以摆脱传统思想的束缚而来主张男女平等的男人，却偏喜欢用轻靓艳丽字样来译外国女人的姓氏：加些草头，女旁，丝旁。不是"思黛儿"，就是"雪琳娜"。西洋和我们虽然远哉遥遥，但姓氏并无男女之别，却和中国一样的，——除掉斯拉夫民族在语尾上略有区别之外。所以如果我们周家的姑娘不另姓绸，陈府上的太太也不另姓蕶，则欧文的小姐正无须改作姬纹，对于托尔斯泰夫人也不必格外费心，特别写成妥嬺丝苔也。

以摆脱传统思想的束缚而来介绍世界文学的文人，却偏喜欢使外国人姓中国姓：Gogol姓郭；Wilde姓王；D'Annunzio姓段，一姓唐；Holz姓何；Gorky姓高；Galsworthy也姓高，假使他谈到Gorky，大概是称他"吾家rky"的了。我真万料不到一本《百家姓》，到现在还有这般伟力。

一月八日。

二

古时候，咱们学化学，在书上很看见许多"金"旁和非"金"旁的古怪字，据说是原质[1]名目，偏旁是表明"金属"或"非金属"的，那一边大概是译音。但是，锑，锶，锡，错，矽[2]，连化学先生也讲得很费力，总须附加道："这回是熟悉的悉。这回是休息的息了。这回是常见的锡。"而学生们为要记得符号，仍须另外记住腊丁字。现在渐渐译起有机化学来，因此这类怪字就更多了，也更难了，几个字拼合起来，像贴在商人帐桌面前的将"黄金萬两"拼成一个的怪字一样。中国的化学家多能兼做新仓颉。我想，倘若就用原文，省下造字的功夫来，一定于本职的化学上更其大有成绩，因为中国人的聪明是决不在白种人之下的。

在北京常看见各样好地名：辟才胡同，乃兹府，丞相胡同，协资庙，高义伯胡同，贵人关。但探起底细来，据说原是劈柴胡同，奶子府，绳匠胡同，蝎子庙，狗尾巴胡同，鬼门关。字面虽然改了，涵义还依旧。这很使我失望；否则，我将鼓吹改奴隶二

---

1 原质，元素的旧称。
2 锑，锶，锡，错，矽，化学元素的旧译名。除锡外，其他四种的今译名顺序为铯、锶、铈、硅。

字为"弩理",或是"努礼",使大家可以永远放心打盹儿,不必再愁什么了。但好在似乎也并没有什么人愁着,爆竹毕毕剥剥地都祀过财神了。

二月十日。

(最初分两次发表于1925年1月11日、2月12日北京《京报副刊》)

# 青年必读书

## ——应《京报副刊》的征求

| 青年必读书 | 从来没有留心过，所以现在说不出。 |
|---|---|
| 附<br><br>注 | 　　但我要趁这机会，略说自己的经验，以供若干读者的参考——<br>　　我看中国书时，总觉得就沉静下去，与实人生离开；读外国书——但除了印度——时，往往就与人生接触，想做点事。<br>　　中国书虽有劝人入世的话，也多是僵尸的乐观；外国书即使是颓唐和厌世的，但却是活人的颓唐和厌世。<br>　　我以为要少——或者竟不——看中国书，多看外国书。 |

续表

| | |
|---|---|
| 附<br><br><br>注 | 　　少看中国书，其结果不过不能作文而已。但现在的青年最要紧的是"行"，不是"言"。只要是活人，不能作文算什么大不了的事。<br><br>（二月十日） |

（最初发表于1925年2月21日《京报副刊》）

# 忽然想到

## 一

做《内经》的不知道究竟是谁。对于人的肌肉，他确是看过，但似乎单是剥了皮略略一观，没有细考校，所以乱成一片，说是凡有肌肉都发源于手指和足趾。宋的《洗冤录》说人骨，竟至于谓男女骨数不同；老仵作之谈，也有不少胡说。然而直到现在，前者还是医家的宝典，后者还是检验的南针：这可以算得天下奇事之一。

牙痛在中国不知发端于何人？相传古人壮健，尧舜时代盖未必有；现在假定为起于二千年前罢。我幼时曾经牙痛，历试诸方，只有用细辛[1]者稍有效，但也不过麻痹片刻，不是对症药。至于拔牙的所谓"离骨散"，乃是理想之谈，实际上并没有。西法的牙医一到，这才根本解决了；但在中国人手里一再传，又每每只学得镶补而忘了去腐杀菌，仍复渐渐地靠不住起

---

1 细辛，多年生草本植物，中医以全草入药。性温味辛，有镇痛效用。

来。牙痛了二千年，敷敷衍衍的不想一个好方法，别人想出来了，却又不肯好好地学：这大约也可以算得天下奇事之二罢。

康圣人[1]主张跪拜，以为"否则要此膝何用"。走时的腿的动作，固然不易于看得分明，但忘记了坐在椅上时候的膝的曲直，则不可谓非圣人之疏于格物也。身中间脖颈最细，古人则于此斫之，臀肉最肥，古人则于此打之，其格物都比康圣人精到，后人之爱不忍释，实非无因。所以僻县尚打小板子，去年北京戒严时亦尝恢复杀头，虽延国粹于一脉乎，而亦不可谓非天下奇事之三也！

一月十五日。


二

校着《苦闷的象征》的排印样本时，想到一些琐事——

我于书的形式上有一种偏见，就是在书的开头和每个题目前后，总喜欢留些空白，所以付印的时候，一定明白地注明。但待排出寄来，却大抵一篇一篇挤得很紧，并不依所注的办。查看别的书，也一样，多是行行挤得极紧的。

较好的中国书和西洋书，每本前后总有一两张空白的副页，上下的天地头也很宽。而近来中国的排印的新书则大抵没有副

1 康圣人，指康有为。

页，天地头又都很短，想要写上一点意见或别的什么，也无地可容，翻开书来，满本是密密层层的黑字；加以油臭扑鼻，使人发生一种压迫和窘促之感，不特很少"读书之乐"，且觉得仿佛人生已没有"余裕"，"不留余地"了。

或者也许以这样的为质朴罢。但质朴是开始的"陋"，精力弥满，不惜物力的。现在的却是复归于陋，而质朴的精神已失，所以只能算窳败，算堕落，也就是常谈之所谓"因陋就简"。在这样"不留余地"空气的围绕里，人们的精神大抵要被挤小的。

外国的平易地讲述学术文艺的书，往往夹杂些闲话或笑谈，使文章增添活气，读者感到格外的兴趣，不易于疲倦。但中国的有些译本，却将这些删去，单留下艰难的讲学语，使他复近于教科书。这正如折花者，除尽枝叶，单留花朵，折花固然是折花，然而花枝的活气却灭尽了。人们到了失去余裕心，或不自觉地满抱了不留余地心时，这民族的将来恐怕就可虑。上述的那两样，固然是比牛毛还细小的事，但究竟是时代精神表现之一端，所以也可以类推到别样。例如现在器具之轻薄草率（世间误以为灵便），建筑之偷工减料，办事之敷衍一时，不要"好看"，不想"持久"，就都是出于同一病源的。即再用这来类推更大的事，我以为也行。

一月十七日。

## 三

我想，我的神经也许有些瞀乱了。否则，那就可怕。

我觉得仿佛久没有所谓中华民国。

我觉得革命以前，我是做奴隶；革命以后不多久，就受了奴隶的骗，变成他们的奴隶了。

我觉得有许多民国国民而是民国的敌人。

我觉得有许多民国国民很像住在德法等国里的犹太人，他们的意中别有一个国度。

我觉得许多烈士的血都被人们踏灭了，然而又不是故意的。

我觉得什么都要从新做过。

退一万步说罢，我希望有人好好地做一部民国的建国史给少年看，因为我觉得民国的来源，实在已经失传了，虽然还只有十四年！

二月十二日。

## 四

先前，听到二十四史不过是"相斫书"，是"独夫的家谱"一类的话，便以为诚然。后来自己看起来，明白了：何尝如此。

历史上都写着中国的灵魂，指示着将来的命运，只因为涂饰太厚，废话太多，所以很不容易察出底细来。正如通过密叶投射在莓苔上面的月光，只看见点点的碎影。但如看野史和杂记，可更容易了然了，因为他们究竟不必太摆史官的架子。

秦汉远了，和现在的情形相差已多，且不道。元人著作寥寥。至于唐宋明的杂史之类，则现在多有。试将记五代，南宋，明末的事情的，和现今的状况一比较，就当惊心动魄于何其相似之甚，仿佛时间的流驶，独与我们中国无关。现在的中华民国也还是五代，是宋末，是明季。

以明末例现在，则中国的情形还可以更腐败，更破烂，更凶酷，更残虐，现在还不算达到极点。但明末的腐败破烂也还未达到极点，因为李自成张献忠闹起来了。而张李的凶酷残虐也还未达到极点，因为满洲兵进来了。

难道所谓国民性者，真是这样地难于改变的么？倘如此，将来的命运便大略可想了，也还是一句烂熟的话：古已有之。

伶俐人实在伶俐，所以，决不攻难古人，摇动古例的。古人做过的事，无论什么，今人也都会做出来。而辩护古人，也就是辩护自己。况且我们是神州华胄，敢不"绳其祖武"么？

幸而谁也不敢十分决定说：国民性是决不会改变的。在这"不可知"中，虽可有破例——即其情形为从来所未有——的灭亡的恐怖，也可以有破例的复生的希望，这或者可作改革者的一点慰藉罢。

但这一点慰藉，也会勾消在许多自诩古文明者流的笔上，淹死在许多诬告新文明者流的嘴上，扑灭在许多假冒新文明者流的言动上，因为相似的老例，也是"古已有之"的。

其实这些人是一类，都是伶俐人，也都明白，中国虽完，自己的精神是不会苦的，——因为都能变出合式的态度来。倘有不信，请看清朝的汉人所做的颂扬武功的文章去，开口"大兵"，闭口"我军"，你能料得到被这"大兵""我军"所败的就是汉人的么？你将以为汉人带了兵将别的一种什么野蛮腐败民族歼灭了。

然而这一流人是永远胜利的，大约也将永久存在。在中国，惟他们最适于生存，而他们生存着的时候，中国便永远免不掉反复着先前的运命。

"地大物博，人口众多"，用了这许多好材料，难道竟不过老是演一出轮回把戏而已么？

二月十六日。

（最初分四次发表于1925年1月17日、1月20日、2月14日、
2月20日《京报副刊》）

# 通讯

## 一

旭生[1]先生：

前天收到《猛进》第一期，我想是先生寄来的，或者是玄伯[2]先生寄来的。无论是谁寄的，总之：我谢谢。

那一期里有论市政的话，使我忽然想起一件不相干的事来。我现在住在一条小胡同里，这里有所谓土车者，每月收几吊钱，将煤灰之类搬出去。搬出去怎么办呢？就堆在街道上，这街就每日增高。有几所老房子，只有一半露出在街上的，就正在豫告着别的房屋的将来。我不知道什么缘故，见了这些人家，就像看见了中国人的历史。

1 旭生，徐炳昶（1888—1976），字旭生，笔名虚生，河南唐河人，曾留学法国，当时任北京大学哲学系教授，《猛进》周刊的主编。
2 玄伯，李宗侗（1895—1974），字玄伯，河北高阳人，曾留学法国，当时任北京大学法文系教授。《猛进》周刊自第二十七期起，由他接编。

姓名我忘记了，总之是一个明末的遗民[1]，他曾将自己的书斋题作"活埋庵"。谁料现在的北京的人家，都在建造"活埋庵"，还要自己拿出建造费。看看报章上的论坛，"反改革"的空气浓厚透顶了，满车的"祖传"，"老例"，"国粹"等等，都想来堆在道路上，将所有的人家完全活埋下去。"强聒不舍"，也许是一个药方罢，但据我所见，则有些人们——甚至于竟是青年——的论调，简直和"戊戌政变"时候的反对改革者的论调一模一样。你想，二十七年了，还是这样，岂不可怕。大约国民如此，是决不会有好的政府的；好的政府，或者反而容易倒。也不会有好议员的；现在常有人骂议员，说他们收贿，无特操，趋炎附势，自私自利，但大多数的国民，岂非正是如此的么？这类的议员，其实确是国民的代表。

我想，现在的办法，首先还得用那几年以前《新青年》上已经说过的"思想革命"。还是这一句话，虽然未免可悲，但我以为除此没有别的法。而且还是准备"思想革命"的战士，和目下的社会无关。待到战士养成了，于是再决胜负。我这种迂远而且渺茫的意见，自己也觉得是可叹的，但我希望于《猛进》的，也

---

1 明末的遗民，指徐树丕，字武子，号活埋庵道人，江苏长洲（今属苏州）人，明末秀才。

终于还是"思想革命"。

鲁迅。三月十二日。

鲁迅先生：

你所说底"二十七年了，还是这样，"诚哉是一件极"可怕"的事情。人类思想里面，本来有一种惰性的东西，我们中国人的惰性更深。惰性表现的形式不一，而最普通的，第一就是听天任命，第二就是中庸。听天任命和中庸的空气打不破，我国人的思想，永远没有进步的希望。

你所说底"讲话和写文章，似乎都是失败者的征象。正在和运命恶战的人，顾不到这些。"实在是最痛心的话。但是我觉得从另外一方面看，还有许多人讲话和写文章，还可以证明人心的没有全死。可是这里需要有分别，必需要是一种不平的呼声，不管是冷嘲或热骂，才是人心未全死的证验。如果不是这样，换句话说，如果他的文章里面，不用很多的"！"，不管他说的写的怎么样好听，那人心已经全死，亡国不亡国，倒是第二个问题。

"思想革命"，诚哉是现在最重要不过的事情，但是我总觉得《语丝》，《现代评论》和我们的《猛进》，就是合起来，还负不起这样的使命。我有两种希望：第一希望大家集合起来，办一个专讲文学思想的月刊。里面的内容，水平线并无庸过高，破坏者居其六七，介绍新者居其三四。这样一来，大学或中学的学生有一种消闲的良友，与思想的进步上，总有很大的裨益。我今天给适之先生略谈几句，他说现在我们办月刊很难，大约每月出八万字，还属可能，如若想出十一二万字，就几乎不可能。我说你又何必拘定十一二万字才出，有七八万就出七八万，即使再少一点，也未尝不可，要之有它总比没有它好的多。这是我第一个希望。第二我希望有一种通俗的小日报。现在的《第一小报》，似乎就是这一类的。这个报我只看见三两期，当然无从批评起，但是我们的印象：第一，是篇幅太小，至少总要再加一半才敷用；第二，这种小报总要记清是为民众和小学校的学生看的。所以思想虽需要极新，话却要写得极浅显。所有专门术语和新名词，能躲避到什么步田地躲到什么步田地。《第一小报》对于这一点，似还不很注意。这样良好的通俗小日报，是我第二种的希望。拉拉杂杂写来，漫无伦叙。你的意思以为何如？

徐炳昶。三月十六日。

二

旭生先生：

给我的信早看见了，但因为琐琐的事情太多，所以到现在才能作答。

有一个专讲文学思想的月刊，确是极好的事，字数的多少，倒不算什么问题。第一为难的却是撰人，假使还是这几个人，结果即还是一种增大的某周刊或合订的各周刊之类。况且撰人一多，则因为希图保持内容的较为一致起见，即不免有互相牵就之处，很容易变为和平中正，吞吞吐吐的东西，而无聊之状于是乎可掬。现在的各种小周刊，虽然量少力微，却是小集团或单身的短兵战，在黑暗中，时见匕首的闪光，使同类者知道也还有谁还在袭击古老坚固的堡垒，较之看见浩大而灰色的军容，或者反可以会心一笑。在现在，我倒只希望这类的小刊物增加，只要所向的目标小异大同，将来就自然而然的成了联合战线，效力或者也不见得小。但目下倘有我所未知的新的作家起来，那当然又作别论。

通俗的小日报，自然也紧要的；但此事看去似易，做起来却很难。我们只要将《第一小报》与《群强报》之类一比，即知道实与民意相去太远，要收获失败无疑。民众要看皇帝何在，太妃安否，而《第一小报》却向他们去讲"常识"，岂非悖谬。教书一久，即与一般社会睽离，无论怎样热心，做起事来总要失败。假如一定要做，就得存学者的良心，有市侩的手段，但这类人才，怕教员中间是未必会有的。我想，现在没奈何，也只好从智识阶级——其实中国并没有俄国之所谓智识阶级，此事说起来话太长，姑且从众这样说——一面先行设法，民众俟将来再谈。而且他们也不是区区文字所能改革的，历史通知过我们，清兵入关，禁缠足，要垂辫，前一事只用文告，到现在还是放不掉，后一事用了别的法，到现在还在拖下来。

单为在校的青年计，可看的书报实在太缺乏了，我觉得至少还该有一种通俗的科学杂志，要浅显而且有趣的。可惜中国现在的科学家不大做文章，有做的，也过于高深，于是就很枯燥。现在要Brehm[1]的讲动物生活，Fabre[2]的讲昆虫故事似的有趣，并且插许多图画的；但这非有一个大书店担任即不能印。至于作文者，我以为只要科学家肯放低手眼，再看看文艺书，就够了。

前三四年有一派思潮，毁了事情颇不少。学者多劝人蹀进研究室，文人说最好是搬入艺术之宫，直到现在都还不大出来，

1 Brehm，勃莱姆（1829－1884），德国动物学家。
2 Fabre，即法布尔。

不知道他们在那里面情形怎样。这虽然是自己愿意，但一大半也因新思想而仍中了"老法子"的计。我新近才看出这圈套，就是从"青年必读书"事件以来，很收些赞同和嘲骂的信，凡赞同者，都很坦白，并无什么恭维。如果开首称我为什么"学者""文学家"的，则下面一定是谩骂。我才明白这等称号，乃是他们所公设的巧计，是精神的枷锁，故意将你定为"与众不同"，又借此来束缚你的言动，使你于他们的老生活上失去危险性的。不料有许多人，却自囚在什么室什么宫里，岂不可惜。只要掷去了这种尊号，摇身一变，化为泼皮，相骂相打（舆论是以为学者只应该拱手讲讲义的），则世风就会日上，而月刊也办成了。

先生的信上说：惰性表现的形式不一，而最普通的，第一就是听天任命，第二就是中庸。我以为这两种态度的根柢，怕不可仅以惰性了之，其实乃是卑怯。遇见强者，不敢反抗，便以"中庸"这些话来粉饰，聊以自慰。所以中国人倘有权力，看见别人奈何他不得，或者有"多数"作他护符的时候，多是凶残横恣，宛然一个暴君，做事并不中庸；待到满口"中庸"时，乃是势力已失，早非"中庸"不可的时候了。一到全败，则又有"命运"来做话柄，纵为奴隶，也处之泰然，但又无往而不合于圣道。这些现象，实在可以使中国人败亡，无论有没有外敌。要救正这些，也只好先行发露各样的劣点，撕下那好看的假面具来。

鲁迅。三月二十九日。

鲁迅先生：

你看出什么"踱进研究室"，什么"搬入艺术之宫"，全是"一种圈套"，真是一件重要的发现。我实在告诉你说：我近来看见自命 gentleman 的人就怕极了。看见玄同先生挖苦 gentleman 的话（见《语丝》第二十期），好像大热时候，吃一盘冰激零，不晓得有多么痛快。总之这些字全是一种圈套，大家总要相戒，不要上他们的当才好。

我好像觉得通俗的科学杂志并不是那样容易的，但是我对于这个问题完全没有想，所以对于它觉暂且无论什么全不能说。

我对于通俗的小日报有许多的话要说，但因为限于篇幅，止好暂且不说。等到下一期，我要作一篇小东西，专论这件事，到那时候，还要请你指教才好。

徐炳昶。三月三十一日。

（最初分两次发表于1925年3月20日、4月3日北京《猛进》周刊第三、五期）

# 论辩的魂灵

　　二十年前到黑市，买得一张符，名叫"鬼画符"。虽然不过一团糟，但帖在壁上看起来，却随时显出各样的文字，是处世的宝训，立身的金箴。今年又到黑市去，又买得一张符，也是"鬼画符"。但帖了起来看，也还是那一张，并不见什么增补和修改。今夜看出来的大题目是"论辩的魂灵"；细注道："祖传老年中年青年'逻辑'扶乩[1]灭洋必胜妙法太上老君急急如律令敕"。今谨摘录数条，以公同好——

　　"洋奴会说洋话。你主张读洋书，就是洋奴，人格破产了！受人格破产的洋奴崇拜的洋书，其价值从可知矣！但我读洋文是学校的课程，是政府的功令，反对者，即反对政府也。无父无君之无政府党，人人得而诛之。"

---

1 扶乩，一种迷信活动，一般是在架子上吊一根棍儿，两个人扶着架子，棍儿就在沙盘上画出字句来作为神的指示。

42

"你说中国不好。你是外国人么？为什么不到外国去？可惜
外国人看你不起⋯⋯。"

"你说甲生疮。甲是中国人，你就是说中国人生疮了。既
然中国人生疮，你是中国人，就是你也生疮了。你既然也生疮，
你就和甲一样。而你只说甲生疮，则竟无自知之明，你的话还
有什么价值？倘你没有生疮，是说诳也。卖国贼是说诳的，所
以你是卖国贼。我骂卖国贼，所以我是爱国者。爱国者的话是
最有价值的，所以我的话是不错的，我的话既然不错，你就是
卖国贼无疑了！"

"自由结婚未免太过激了。其实，我也并非老顽固，中国提
倡女学的还是我第一个。但他们却太趋极端了，太趋极端，即有
亡国之祸，所以气得我偏要说'男女授受不亲'。况且，凡事不
可过激；过激派[1] 都主张共妻主义的。乙赞成自由结婚，不就是
主张共妻主义么？他既然主张共妻主义，就应该先将他的妻拿出
来给我们'共'。"

"丙讲革命是为的要图利：不为图利，为什么要讲革命？我
亲眼看见他三千七百九十一箱半的现金抬进门。你说不然，反对

---

1 过激派，日本媒体对布尔什维克的贬性译称。当时我国有些人也曾沿用这个词。

我么？那么，你就是他的同党。呜呼，党同伐异之风，于今为烈，提倡欧化者不得辞其咎矣！"

"丁牺牲了性命，乃是闹得一塌糊涂，活不下去了的缘故。现在妄称志士，诸君切勿为其所愚。况且，中国不是更坏了么？"

"戊能算什么英雄呢？听说，一声爆竹，他也会吃惊。还怕爆竹，能听枪炮声么？怕听枪炮声，打起仗来不要逃跑么？打起仗来就逃跑的反称英雄，所以中国糟透了。"

"你自以为是'人'，我却以为非也。我是畜类，现在我就叫你爹爹。你既然是畜类的爹爹，当然也就是畜类了。"

"勿用惊叹符号，这是足以亡国的。但我所用的几个在例外。"

中庸太太提起笔来，取精神文明精髓，作明哲保身大吉大利格言二句云：

中学为体西学用，

不薄今人爱古人。"


（最初发表于1925年3月9日北京《语丝》周刊第十七期）

# 牺牲谟

## ——"鬼画符"失敬失敬章第十三

"阿呀阿呀，失敬失敬！原来我们还是同志。我开初疑心你是一个乞丐，心里想：好好的一个汉子，又不衰老，又非残疾，为什么不去做工，读书的？所以就不免露出'责备贤者'的神色来，请你不要见气，我们的心实在太坦白了，什么也藏不住，哈哈！可是，同志，你也似乎太……。

"哦哦！你什么都牺牲了？可敬可敬！我最佩服的就是什么都牺牲，为同胞，为国家。我向来一心要做的也就是这件事。你不要看得我外观阔绰，我为的是要到各处去宣传。社会还太势利，如果像你似的只剩一条破裤，谁肯来相信你呢？所以我只得打扮起来，宁可人们说闲话，我自己总是问心无愧。正如'禹入裸国亦裸而游'一样，要改良社会，不得不然，别人那里会懂得我们的苦心孤诣。但是，朋友，你怎么竟奄奄一息到这地步了？

"哦哦！已经九天没有吃饭？！这真是清高得很哪！我只好五

体投地。看你虽然怕要支持不下去，但是——你在历史上一定成名，可贺之至哪！现在什么'欧化''美化'的邪说横行，人们的眼睛只看见物质，所缺的就是你老兄似的模范人物。你瞧，最高学府的教员们，也居然一面教书，一面要起钱来，他们只知道物质，中了物质的毒了。难得你老兄以身作则，给他们一个好榜样看，这于世道人心，一定大有裨益的。你想，现在不是还嚷着什么教育普及么？教育普及起来，要有多少教员；如果都像他们似的定要吃饭，在这四郊多垒时候，那里来这许多饭？像你这样清高，真是浊世中独一无二的中流砥柱：可敬可敬！你读过书没有？如果读书，我正要创办一个大学，就请你当教务长去。其实你只要读过'四书'就好，加以这样品格，已经很够做'莘莘学子'的表率了。

"不行？没有力气？可惜可惜！足见一面为社会做牺牲，一面也该自己讲讲卫生。你于卫生可惜太不讲究了。你不要以为我的胖头胖脸是因为享用好，我其实是专靠卫生，尤其得益的是精神修养，'君子忧道不忧贫'呀！但是，我的同志，你什么都牺牲完了，究竟也大可佩服，可惜你还剩一条裤，将来在历史上也许要留下一点白璧微瑕……。

"哦哦，是的。我知道，你不说也明白：你自然连这裤子也不要，你何至于这样地不彻底；那自然，你不过还没有牺牲的机会罢了。敝人向来最赞成一切牺牲，也最乐于'成人之美'，况且我们是同志，我当然应该给你想一个完全办法，因为一个人最紧要的是'晚节'，一不小心，可就前功尽弃了！

"机会凑得真好：舍间一个小鸦头，正缺一条裤……。朋友，你不要这么看我，我是最反对人身买卖的，这是最不人道的事。但是，那女人是在大旱灾时候留下的，那时我不要，她的父母就会把她卖到妓院里去。你想，这何等可怜。我留下她，正为的讲人道。况且那也不算什么人身买卖，不过我给了她父母几文，她的父母就把自己的女儿留在我家里就是了。我当初原想将她当作自己的女儿看，不，简直当作姊妹，同胞看；可恨我的贱内是旧式，说不通。你要知道旧式的女人顽固起来，真是无法可想的，我现在正在另外想点法子……。

"但是，那娃儿已经多天没有裤子了，她是灾民的女儿。我料你一定肯帮助的。我们都是'贫民之友'呵。况且你做完了这一件事情之后，就是全始全终；我保你将来铜像巍巍，高入云表，呵，一切贫民都鞠躬致敬……。

"对了，我知道你一定肯，你不说我也明白。但你此刻且不要脱下来。我不能拿了走，我这副打扮，如果手上拿一条破裤子，别人见了就要诧异，于我们的牺牲主义的宣传会有妨碍的。现在的社会还太胡涂，——你想，教员还要吃饭，——那里能懂得我们这纯洁的精神呢，一定要误解的。一经误解，社会恐怕要更加自私自利起来，你的工作也就'非徒无益而又害之'了，朋友。

"你还能勉强走几步罢？不能？这可叫人有点为难了，——那么，你该还能爬？好极了！那么，你就爬过去。你趁你还能爬的时候赶紧爬去，万不要'功亏一篑'。但你须用趾尖爬，膝髁不要太用力；裤子擦着沙石，就要更破烂，不但可怜的灾民的女儿受不着实惠，并且连你的精神都白扔了。先行脱下了也不妥当，一则太不雅观，二则恐怕巡警要干涉，还是穿着爬的好。我的朋友，我们不是外人，肯给你上当的么？舍间离这里也并不远，你向东，转北，向南，看路北有两株大槐树的红漆门就是。你一爬到，就脱下来，对号房说：这是老爷叫我送来的，交给太太收下。你一见号房，应该赶快说，否则也许将你当作一个讨饭的，会打你。唉唉，近来讨饭的太多了，他们不去做工，不去读书，单知道要饭。所以我的号房就借痛打这方法，给他们一个教训，使他们知道做乞丐是要给人痛打的，还不如去做工读书好……。

"你就去么？好好！但千万不要忘记：交代清楚了就爬开，不要停在我的屋界内。你已经九天没有吃东西了，万一出了什么事故，免不了要给我许多麻烦，我就要减少许多宝贵的光阴，不能为社会服务。我想，我们不是外人，你也决不愿意给自己的同志许多麻烦的，我这话也不过姑且说说。

"你就去罢！好，就去！本来我也可以叫一辆人力车送你去，但我知道用人代牛马来拉人，你一定不赞成的，这事多么不人道！我去了。你就动身罢。你不要这么萎靡不振，爬呀！朋友！我的同志，你快爬呀，向东呀！……"

（最初发表于1925年3月16日《语丝》周刊第十八期）

# 战士和苍蝇

Schopenhauer[1]说过这样的话：要估定人的伟大，则精神上的大和体格上的大，那法则完全相反。后者距离愈远即愈小，前者却见得愈大。

正因为近则愈小，而且愈看见缺点和创伤，所以他就和我们一样，不是神道，不是妖怪，不是异兽。他仍然是人，不过如此。但也惟其如此，所以他是伟大的人。

战士战死了的时候，苍蝇们所首先发见的是他的缺点和伤痕，嘬着，营营地叫着，以为得意，以为比死了的战士更英雄。但是战士已经战死了，不再来挥去他们。于是乎苍蝇们即更其营营地叫，自以为倒是不朽的声音，因为它们的完全，远在战士之上。

的确的，谁也没有发见过苍蝇们的缺点和创伤。

---

1 Schopenhauer，即叔本华。

然而，有缺点的战士终竟是战士，完美的苍蝇也终竟不过是苍蝇。

去罢，苍蝇们！虽然生着翅子，还能营营，总不会超过战士的。你们这些虫豸们！

三月二十一日。

（最初发表于1925年3月24日北京《京报》
附刊《民众文艺周刊》第十四号）

# 夏三虫

夏天近了，将有三虫：蚤，蚊，蝇。

假如有谁提出一个问题，问我三者之中，最爱什么，而且非爱一个不可，又不准像"青年必读书"那样的缴白卷的。我便只得回答道：跳蚤。

跳蚤的来吮血，虽然可恶，而一声不响地就是一口，何等直截爽快。蚊子便不然了，一针叮进皮肤，自然还可以算得有点彻底的，但当未叮之前，要哼哼地发一篇大议论，却使人觉得讨厌。如果所哼的是在说明人血应该给它充饥的理由，那可更其讨厌了，幸而我不懂。

野雀野鹿，一落在人手中，总时时刻刻想要逃走。其实，在山林间，上有鹰鹯，下有虎狼，何尝比在人手里安全。为什么当初不逃到人类中来，现在却要逃到鹰鹯虎狼间去？或者，鹰鹯虎狼之于它们，正如跳蚤之于我们罢。肚子饿了，抓着就是一口，决不谈道理，弄玄虚。被吃者也无须在被吃之前，先承认自己之理应被吃，心悦诚服，誓死不二。人类，可是也颇擅长于哼哼的了，害中取小，它们的避之惟恐不速，正是绝顶聪明。

苍蝇嗡嗡地闹了大半天，停下来也不过舐一点油汗，倘有伤痕或疮疖，自然更占一些便宜；无论怎么好的，美的，干净的东西，又总喜欢一律拉上一点蝇矢。但因为只舐一点油汗，只添一点腌臜，在麻木的人们还没有切肤之痛，所以也就将它放过了。中国人还不很知道它能够传播病菌，捕蝇运动大概不见得兴盛。它们的运命是长久的；还要更繁殖。

但它在好的，美的，干净的东西上拉了蝇矢之后，似乎还不至于欣欣然反过来嘲笑这东西的不洁：总要算还有一点道德的。

古今君子，每以禽兽斥人，殊不知便是昆虫，值得师法的地方也多着哪。

四月四日。

（最初发表于1925年4月7日《京报》附刊
《民众文艺周刊》第十六号）

# 忽然想到

## 五

我生得太早一点，连康有为们"公车上书"的时候，已经颇有些年纪了。政变之后，有族中的所谓长辈也者教诲我，说：康有为是想篡位，所以他的名字叫有为；有者，"富有天下"，为者，"贵为天子"也。非图谋不轨而何？我想：诚然。可恶得很！

长辈的训诲于我是这样的有力，所以我也很遵从读书人家的家教。屏息低头，毫不敢轻举妄动。两眼下视黄泉，看天就是傲慢，满脸装出死相，说笑就是放肆。我自然以为极应该的，但有时心里也发生一点反抗。心的反抗，那时还不算什么犯罪，似乎诛心之律，倒不及现在之严。

但这心的反抗，也还是大人们引坏的，因为他们自己就常常随便大说大笑，而单是禁止孩子。黔首[1]们看见秦始皇那么阔

---

1 黔首，战国、秦代对国民的称呼。

气，捣乱的项羽道："彼可取而代也！"没出息的刘邦却说："大丈夫不当如是耶？"我是没出息的一流，因为羡慕他们的随意说笑，就很希望赶忙变成大人，——虽然此外也还有别种的原因。

大丈夫不当如是耶，在我，无非只想不再装死而已，欲望也并不甚奢。

现在，可喜我已经大了，这大概是谁也不能否认的罢，无论用了怎样古怪的"逻辑"。

我于是就抛了死相，放心说笑起来，而不意立刻又碰了正经人的钉子：说是使他们"失望"了。我自然是知道的，先前是老人们的世界，现在是少年们的世界了；但竟不料治世的人们虽异，而其禁止说笑也则同。那么，我的死相也还得装下去，装下去，"死而后已"，岂不痛哉！

我于是又恨我生得太迟一点。何不早二十年，赶上那大人还准说笑的时候？真是"我生不辰"，正当可诅咒的时候，活在可诅咒的地方了。

约翰弥耳[1]说：专制使人们变成冷嘲。我们却天下太平，连冷嘲也没有。我想：暴君的专制使人们变成冷嘲，愚民的专制使

---

1 约翰弥耳（J. S. Mill, 1806—1873），通译约翰·穆勒，英国哲学家、经济学家。

人们变成死相。大家渐渐死下去，而自己反以为卫道有效，这才渐近于正经的活人。

世上如果还有真要活下去的人们，就先该敢说，敢笑，敢哭，敢怒，敢骂，敢打，在这可诅咒的地方击退了可诅咒的时代！

四月十四日。

## 六

外国的考古学者们联翩而至了。

久矣夫，中国的学者们也早已口口声声的叫着"保古！保古！保古！……"

但是不能革新的人种，也不能保古的。

所以，外国的考古学者们便联翩而至了。

长城久成废物，弱水也似乎不过是理想上的东西。老大的国民尽钻在僵硬的传统里，不肯变革，衰朽到毫无精力了，还要自相残杀。于是外面的生力军很容易地进来了，真是"匪今斯今，振古如兹"。至于他们的历史，那自然都没我们的那么古。

可是我们的古也就难保，因为土地先已危险而不安全。土地给了别人，则"国宝"虽多，我觉得实在也无处陈列。

但保古家还在痛骂革新，力保旧物地干：用玻璃板印些宋版书，每部定价几十几百元；"涅槃！涅槃！涅槃！"佛自汉时已入中国，其古色古香为何如哉！买集些旧书和金石，是劬古[1]爱国之士，略作考证，赶印目录，就升为学者或高人。而外国人所得的古董，却每从高人的高尚的袖底里共清风一同流出。即不然，归安陆氏[2]的丽宋，潍县陈氏[3]的十钟，其子孙尚能世守否？

现在，外国的考古学者们便联翩而至了。

他们活有余力，则以考古，但考古尚可，帮同保古就更可怕了。有些外人，很希望中国永是一个大古董以供他们的赏鉴，这虽然可恶，却还不奇，因为他们究竟是外人。而中国竟也有自己还不够，并且要率领了少年，赤子，共成一个大古董以供他们的赏鉴者，则真不知是生着怎样的心肝。

中国废止读经了，教会学校不是还请腐儒做先生，教学生读"四书"么？民国废去跪拜了，犹太学校不是偏请遗老做先生，要学生磕头拜寿么？外国人办给中国人看的报纸，不是最反对五四以来的小改革么？而外国总主笔治下的中国小主笔，则倒

1 劬古，研究古代文化的意思。

2 归安陆氏，指陆心源（1834—1894），字刚甫，号存斋，浙江吴兴（今湖州）人，清末藏书家。

3 潍县陈氏，指陈介祺（1813—1884），字寿卿，号簠斋，山东潍县（今潍坊）人，清代古文物收藏家。

是崇拜道学，保存国粹的！

但是，无论如何，不革新，是生存也为难的，而况保古。现状就是铁证，比保古家的万言书有力得多。

我们目下的当务之急，是：一要生存，二要温饱，三要发展。苟有阻碍这前途者，无论是古是今，是人是鬼，是《三坟》《五典》，百宋千元[1]，天球河图[2]，金人玉佛，祖传丸散，秘制膏丹，全都踏倒他。

保古家大概总读过古书，"林回弃千金之璧，负赤子而趋"，该不能说是禽兽行为罢。那么，弃赤子而抱千金之璧的是什么？

四月十八日。

（最初分两次发表于1925年4月18日、22日《京报副刊》）

---

1 百宋千元，指清代乾隆、嘉庆时的藏书家黄丕烈和吴骞的藏书。
2 天球河图，天球相传为古雍州（今陕、甘一带）所产的美玉；河图，相传为伏羲时龙马从黄河负出的图。

# 杂感

　　人们有泪，比动物进化，但即此有泪，也就是不进化，正如已经只有盲肠，比鸟类进化，而究竟还有盲肠，终不能很算进化一样。凡这些，不但是无用的赘物，还要使其人达到无谓的灭亡。

　　现今的人们还以眼泪赠答，并且以这为最上的赠品，因为他此外一无所有。无泪的人则以血赠答，但又各各拒绝别人的血。

　　人大抵不愿意爱人下泪。但临死之际，可能也不愿意爱人为你下泪么？无泪的人无论何时，都不愿意爱人下泪，并且连血也不要：他拒绝一切为他的哭泣和灭亡。

　　人被杀于万众聚观之中，比被杀在"人不知鬼不觉"的地方快活，因为他可以妄想，博得观众中的或人的眼泪。但是，无泪的人无论被杀在什么所在，于他并无不同。

　　杀了无泪的人，一定连血也不见。爱人不觉他被杀之惨，仇人也终于得不到杀他之乐：这是他的报恩和复仇。

死于敌手的锋刃，不足悲苦；死于不知何来的暗器，却是悲苦。但最悲苦的是死于慈母或爱人误进的毒药，战友乱发的流弹，病菌的并无恶意的侵入，不是我自己制定的死刑。

仰慕往古的，回往古去罢！想出世的，快出世罢！想上天的，快上天罢！灵魂要离开肉体的，赶快离开罢！现在的地上，应该是执着现在，执着地上的人们居住的。

但厌恶现世的人们还住着。这都是现世的仇仇，他们一日存在，现世即一日不能得救。

先前，也曾有些愿意活在现世而不得的人们，沉默过了，呻吟过了，叹息过了，哭泣过了，哀求过了，但仍然愿意活在现世而不得，因为他们忘却了愤怒。

勇者愤怒，抽刃向更强者；怯者愤怒，却抽刃向更弱者。不可救药的民族中，一定有许多英雄，专向孩子们瞪眼。这些孱头[1]们！

孩子们在瞪眼中长大了，又向别的孩子们瞪眼，并且想：他们一生都过在愤怒中。因为愤怒只是如此，所以他们要愤怒一生，——而且还要愤怒二世，三世，四世，以至末世。

---

1 孱头，江浙方言，指怯弱的人。

无论爱什么，——饭，异性，国，民族，人类等等，——只有纠缠如毒蛇，执着如怨鬼，二六时中[1]，没有已时者有望。但太觉疲劳时，也无妨休息一会罢；但休息之后，就再来一回罢，而且两回，三回……。血书，章程，请愿，讲学，哭，电报，开会，挽联，演说，神经衰弱，则一切无用。

血书所能挣来的是什么？不过就是你的一张血书，况且并不好看。至于神经衰弱，其实倒是自己生了病，你不要再当作宝贝了，我的可敬爱而讨厌的朋友呀！

我们听到呻吟，叹息，哭泣，哀求，无须吃惊。见了酷烈的沉默，就应该留心了；见有什么像毒蛇似的在尸林中蜿蜒，怨鬼似的在黑暗中奔驰，就更应该留心了：这在豫告"真的愤怒"将要到来。那时候，仰慕往古的就要回往古去了，想出世的要出世去了，想上天的要上天了，灵魂要离开肉体的就要离开了！……

五月五日。

（最初发表于1925年5月8日北京《莽原》周刊第三期）

---

1 二六时中，即十二个时辰，整天整夜的意思。

# 北京通信

蕴儒[1]，培良[2]两兄：

昨天收到两份《豫报》，使我非常快活，尤其是见了那《副刊》。因为它那蓬勃的朝气，实在是在我先前的豫想以上。你想：从有着很古的历史的中州，传来了青年的声音，仿佛在豫告这古国将要复活，这是一件如何可喜的事呢？

倘使我有这力量，我自然极愿意有所贡献于河南的青年。但不幸我竟力不从心，因为我自己也正站在歧路上，——或者，说得较有希望些：站在十字路口。站在歧路上是几乎难于举足，站在十字路口，是可走的道路很多。我自己，是什么也不怕的，生命是我自己的东西，所以我不妨大步走去，向着我自以为可以走去的路；即使前面是深渊，荆棘，狭谷，火坑，都由我自己负

1 蕴儒，即吕琦，河南人，作者在北京世界语专门学校任教时的学生。当时他与向培良、高歌等同在开封编辑《豫报副刊》。
2 培良，向培良（1905—1959），湖南黔阳人，狂飙社主要成员。

责。然而向青年说话可就难了，如果盲人瞎马，引入危途，我就该得谋杀许多人命的罪孽。

所以，我终于还不想劝青年一同走我所走的路；我们的年龄，境遇，都不相同，思想的归宿大概总不能一致的罢。但倘若一定要问我青年应当向怎样的目标，那么，我只可以说出我为别人设计的话，就是：一要生存，二要温饱，三要发展。有敢来阻碍这三事者，无论是谁，我们都反抗他，扑灭他！

可是还得附加几句话以免误解，就是：我之所谓生存，并不是苟活；所谓温饱，并不是奢侈；所谓发展，也不是放纵。

中国古来，一向是最注重于生存的，什么"知命者不立于岩墙之下"咧，什么"千金之子坐不垂堂"咧，什么"身体发肤受之父母不敢毁伤"咧，竟有父母愿意儿子吸鸦片的，一吸，他就不至于到外面去，有倾家荡产之虞了。可是这一流人家，家业也决不能长保，因为这是苟活。苟活就是活不下去的初步，所以到后来，他就活不下去了。意图生存，而太卑怯，结果就得死亡。以中国古训中教人苟活的格言如此之多，而中国人偏多死亡，外族偏多侵入，结果适得其反，可见我们蔑弃古训，是刻不容缓的了。这实在是无可奈何，因为我们要生活，而且不是苟活的缘故。

中国人虽然想了各种苟活的理想乡，可惜终于没有实现。但我却替他们发见了，你们大概知道的罢，就是北京的第一监狱。这监狱在宣武门外的空地里，不怕邻家的火灾；每日两餐，不虑冻馁；起居有定，不会伤生；构造坚固，不会倒塌；禁卒管着，不会再犯罪；强盗是决不会来抢的。住在里面，何等安全，真真是"千金之子坐不垂堂"了。但阙少的就有一件事：自由。

　　古训所教的就是这样的生活法，教人不要动。不动，失错当然就较少了，但不活的岩石泥沙，失错不是更少么？我以为人类为向上，即发展起见，应该活动，活动而有若干失错，也不要紧。惟独半死半生的苟活，是全盘失错的。因为他挂了生活的招牌，其实却引人到死路上去！

　　我想，我们总得将青年从牢狱里引出来，路上的危险，当然是有的，但这是求生的偶然的危险，无从逃避。想逃避，就须度那古人所希求的第一监狱式生活了，可是真在第一监狱里的犯人，都想早些释放，虽然外面并不比狱里安全。

　　北京暖和起来了；我的院子里种了几株丁香，活了；还有两株榆叶梅，至今还未发芽，不知道他是否活着。

　　昨天闹了一个小乱子，许多学生被打伤了；听说还有死的，我不知道确否。其实，只要听他们开会，结果不过是开会而已，因为加了强力的迫压，遂闹出开会以上的事来。俄国的革命，不就是从这样的路径出发的么？

　　夜深了，就此搁笔，后来再谈罢。

鲁迅。五月八日夜。

　　　　　　（最初发表于1925年5月14日开封《豫报副刊》）

# 导师

　　近来很通行说青年；开口青年，闭口也是青年。但青年又何能一概而论？有醒着的，有睡着的，有昏着的，有躺着的，有玩着的，此外还多。但是，自然也有要前进的。

　　要前进的青年们大抵想寻求一个导师。然而我敢说：他们将永远寻不到。寻不到倒是运气；自知的谢不敏，自许的果真识路么？凡自以为识路者，总过了"而立"之年，灰色可掬了，老态可掬了，圆稳而已，自己却误以为识路。假如真识路，自己就早进向他的目标，何至于还在做导师。说佛法的和尚，卖仙药的道士，将来都与白骨是"一丘之貉"，人们现在却向他听生西[1]的大法，求上升[2]的真传，岂不可笑！

　　但是我并非敢将这些人一切抹杀；和他们随便谈谈，是可

---

1 生西，佛家语，往生西方、成佛的意思。
2 上升，道教认为，服食仙药能飞升成仙。

以的。说话的也不过能说话，弄笔的也不过能弄笔；别人如果希望他打拳，则是自己错。他如果能打拳，早已打拳了，但那时，别人大概又要希望他翻筋斗。

有些青年似乎也觉悟了，我记得《京报副刊》征求青年必读书时，曾有一位发过牢骚，终于说：只有自己可靠！我现在还想斗胆转一句，虽然有些杀风景，就是：自己也未必可靠的。

我们都不大有记性。这也无怪，人生苦痛的事太多了，尤其是在中国。记性好的，大概都被厚重的苦痛压死了；只有记性坏的，适者生存，还能欣然活着。但我们究竟还有一点记忆，回想起来，怎样的"今是昨非"呵，怎样的"口是心非"呵，怎样的"今日之我与昨日之我战"呵。我们还没有正在饿得要死时于无人处见别人的饭，正在穷得要死时于无人处见别人的钱，正在性欲旺盛时遇见异性，而且很美的。我想，大话不宜讲得太早，否则，倘有记性，将来想到时会脸红。

或者还是知道自己之不甚可靠者，倒较为可靠罢。

青年又何须寻那挂着金字招牌的导师呢？不如寻朋友，联合起来，同向着似乎可以生存的方向走。你们所多的是生力，遇见深林，可以辟成平地的，遇见旷野，可以栽种树木的，遇见沙漠，可以开掘井泉的。问什么荆棘塞途的老路，寻什么乌烟瘴气的鸟导师！

五月十一日。

（最初发表于1925年5月15日《莽原》周刊第四期）

# 长城

伟大的长城!

这工程,虽在地图上也还有它的小像,凡是世界上稍有知识的人们,大概都知道的罢。

其实,从来不过徒然役死许多工人而已,胡人何尝挡得住。现在不过一种古迹了,但一时也不会灭尽,或者还要保存它。

我总觉得周围有长城围绕。这长城的构成材料,是旧有的古砖和补添的新砖。两种东西联为一气造成了城壁,将人们包围。

何时才不给长城添新砖呢?

这伟大而可诅咒的长城!

五月十一日。

(最初发表于1925年5月15日《莽原》周刊第四期)

# 忽然想到

## 七

大约是送报人忙不过来了，昨天不见报，今天才给补到，但是奇怪，正张上已经剪去了两小块；幸而副刊是完全的。那上面有一篇武者君的《温良》，又使我记起往事，我记得确曾用了这样一个糖衣的毒刺赠送过我的同学们。现在武者君也在大道上发见了两样东西了：凶兽和羊。但我以为这不过发见了一部分，因为大道上的东西还没有这样简单，还得附加一句，是：凶兽样的羊，羊样的凶兽。

他们是羊，同时也是凶兽；但遇见比他更凶的凶兽时便现羊样，遇见比他更弱的羊时便现凶兽样，因此，武者君误认为两样东西了。

我还记得第一次五四以后，军警们很客气地只用枪托，乱打那手无寸铁的教员和学生，威武到很像一队铁骑在苗田上驰骋；学生们则惊叫奔避，正如遇见虎狼的羊群。但是，当学生们成了大群，袭击他们的敌人时，不是遇见孩子也要推他摔几个觔斗么？在学校里，不是还唾骂敌人的儿子，使他非逃回家去不可么？这和古代暴君的灭族的意见，有什么区分！

我还记得中国的女人是怎样被压制，有时简直并羊而不如。现在托了洋鬼子学说的福，似乎有些解放了。但她一得到可以逞威的地位如校长之类，不就雇用了"掠袖擦掌"的打手似的男人，来威吓毫无武力的同性的学生们么？不是利用了外面正有别的学潮的时候，和一些狐群狗党趁势来开除她私意所不喜的学生们么？而几个在"男尊女卑"的社会生长的男人们，此时却在异性的饭碗化身的面前摇尾，简直并羊而不如。羊，诚然是弱的，但还不至于如此，我敢给我所敬爱的羊们保证！

但是，在黄金世界还未到来之前，人们恐怕总不免同时含有这两种性质，只看发现时候的情形怎样，就显出勇敢和卑怯的大区别来。可惜中国人但对于羊显凶兽相，而对于凶兽则显羊相，所以即使显着凶兽相，也还是卑怯的国民。这样下去，一定要完结的。

我想，要中国得救，也不必添什么东西进去，只要青年们将这两种性质的古传用法，反过来一用就够了：对手如凶兽时就如凶兽，对手如羊时就如羊！

那么，无论什么魔鬼，就都只能回到他自己的地狱里去。

五月十日。

## 八

五月十二日《京报》的"显微镜"下有这样的一条——

> 某学究见某报上载教育总长"章士钉"五七呈文，愀然曰："名字怪僻如此，非圣人之徒也，岂能为吾侪卫古文之道者乎！"

因此想起中国有几个字，不但在白话文中，就是在文言文中也几乎不用。其一是这误印为"钉"的"钊"字，还有一个是"淦"字，大概只在人名里还有留遗。我手头没有《说文解字》，钊字的解释完全不记得了，淦则仿佛是船底漏水的意思。我们现在要叙述船漏水，无论用怎样古奥的文章，大概总不至于说"淦矣"了罢，所以除了印张国淦[1]，孙嘉淦[2]或新淦县[3]的新闻之外，

---

1 张国淦（1876—1959），湖北蒲圻人，曾任北洋政府国务院秘书长、教育总长等职。
2 孙嘉淦（1683—1753），山西兴县人，康熙时进士，乾隆时曾任官吏部尚书等职。
3 新淦县，即今新干县。

这一粒铅字简直是废物。

至于"钊",则化而为"钉"还不过一个小笑话；听说竟有人因此受害。曹锟[1]做总统的时代（那时这样写法就要犯罪），要办李大钊先生，国务会议席上一个阁员说："只要看他的名字，就知道不是一个安分的人。什么名字不好取，他偏要叫李大剑?！"于是乎办定了，因为这位"大剑"先生已经用名字自己证实，是"大刀王五"[2]一流人。

我在N[3]的学堂做学生的时候，也曾经因这"钊"字碰过几个小钉子，但自然因为我自己不"安分"。一个新的职员到校了，势派非常之大，学者似的，很傲然。可惜他不幸遇见了一个同学叫"沈钊"的，就倒了楣，因为他叫他"沈钧"，以表白自己的不识字。于是我们一见面就讥笑他，就叫他为"沈钧"，并且由讥笑而至于相骂。两天之内，我和十多个同学就迭连记了两小过两大过，再记一小过，就要开除了。但开除在我们那个学校里并不算什么大事件，大堂上还有军令，可以将学生杀头的。做那里的校长这才威风呢，——但那时的名目却叫作"总办"的，

---

1 曹锟（1862—1938），字仲珊，天津人，北洋军阀直系首领之一。
2 "大刀王五"，即王正谊（1854—1900），字子斌，河北沧州人，著名镖客。
3 N，指南京。

资格又须是候补道。

假使那时也像现在似的专用高压手段，我们大概是早经"正法"，我也不会还有什么"忽然想到"的了。我不知怎的近来很有"怀古"的倾向，例如这回因为一个字，就会露出遗老似的"缅怀古昔"的口吻来。

五月十三日。

## 九

记得有人说过，回忆多的人们是没出息的了，因为他眷念从前，难望再有勇猛的进取；但也有说回忆是最为可喜的。前一说忘却了谁的话，后一说大概是 A. France[1] 罢，——都由他。可是他们的话也都有些道理，整理起来，研究起来，一定可以消费许多功夫；但这都听凭学者们去干去，我不想来加入这一类高尚事业了，怕的是毫无结果之前，已经"寿终正寝"。（是否真是寿终，真在正寝，自然是没有把握的，但此刻不妨写得好看一点。）我能谢绝研究文艺的酒筵，能远避开除学生的饭局，然而阎罗大王的请帖，大概是终于没法"谨谢"的，无论你怎样摆架

---

1 A. France，即法朗士。

子。好，现在是并非眷念过去，而是遥想将来了，可是一样的没出息。管他娘的，写下去——

不动笔是为要保持自己的身分，我近来才知道；可是动笔的九成九是为自己来辩护，则早就知道的了，至少，我自己就这样。所以，现在要写出来的，也不过是为自己的一封信——

FD君：

记得一年或两年之前，蒙你赐书，指摘我在《阿Q正传》中写捉拿一个无聊的阿Q而用机关枪，是太远于事理。我当时没有答复你，一则你信上不写住址，二则阿Q已经捉过，我不能再邀你去看热闹，共同证实了。

但我前几天看报章，便又记起了你。报上有一则新闻，大意是学生要到执政府去请愿，而执政府已于事前得知，东门上添了军队，西门上还摆起两架机关枪，学生不得入，终于无结果而散云。你如果还在北京，何妨远远地——愈远愈好——去望一望呢，倘使真有两架，那么，我就"振振有辞"了。

夫学生的游行和请愿，由来久矣。他们都是"郁郁乎文哉"，不但绝无炸弹和手枪，并且连九节钢鞭，三尖两刃刀也没有，更何况丈八蛇矛和青龙掩月刀乎？至多，"怀中一纸书"而已，所以向来就没有闹过乱子的历史。现在可是已经架起机关枪来了，而且有两架！

但阿Q的事件却大得多了，他确曾上城偷过东西，未庄也确已出了抢案。那时又还是民国元年，那些官吏，办事自然比现在更离奇。先生！你想：这是十三年前的事呵。那时的事，我以为即使在《阿Q正传》中再给添上一混成旅和八尊过山炮，也不至于"言过其实"的罢。

请先生不要用普通的眼光看中国。我的一个朋友从印度回来，说，那地方真古怪，每当自己走过恒河边，就觉得还要防被捉去杀掉而祭天。我在中国也时时起这一类的恐惧。普通认为romantic的，在中国是平常事；机关枪不装在土谷祠外，还装到那里去呢？

一九二五年五月十四日，鲁迅上。

（最初分三次发表于1925年5月12日、18日、19日《京报副刊》）

# "碰壁"之后

我平日常常对我的年青的同学们说：古人所谓"穷愁著书"的话，是不大可靠的。穷到透顶，愁得要死的人，那里还有这许多闲情逸致来著书？我们从来没有见过候补的饿殍在沟壑边吟哦；鞭扑底下的囚徒所发出来的不过是直声的叫喊，决不会用一篇妃红俪白的骈体文来诉痛苦的。所以待到磨墨吮笔，说什么"履穿踵决"时，脚上也许早经是丝袜；高吟"饥来驱我去……"的陶征士，其时或者偏已很有些酒意了。正当苦痛，即说不出苦痛来，佛说极苦地狱中的鬼魂，也反而并无叫唤！

华夏大概并非地狱，然而"境由心造"，我眼前总充塞着重迭的黑云，其中有故鬼，新鬼，游魂，牛首阿旁，畜生，化生，大叫唤，无叫唤，使我不堪闻见。我装作无所闻见模样，以图欺骗自己，总算已从地狱中出离。

打门声一响，我又回到现实世界了。又是学校的事。我为什么要做教员？！想着走着，出去开门，果然，信封上首先就看见通红的一行字：国立北京女子师范大学。

我本就怕这学校，因为一进门就觉得阴惨惨，不知其所以然，但也常常疑心是自己的错觉。后来看到杨荫榆校长《致全体学生公启》里的"须知学校犹家庭，为尊长者断无不爱家属之理，为幼稚者亦当体贴尊长之心"的话，就恍然了，原来我虽然在学校教书，也等于在杨家坐馆[1]，而这阴惨惨的气味，便是从"冷板凳"里出来的。可是我有一种毛病，自己也疑心是自讨苦吃的根苗，就是偶尔要想想。所以恍然之后，即又有疑问发生：这家族人员——校长和学生——的关系是怎样的，母女，还是婆媳呢？

想而又想，结果毫无。幸而这位校长宣言多，竟在她《对于暴烈学生之感言》里获得正确的解答了。曰，"与此曹子勃豀相向"，则其为婆婆无疑也。

现在我可以大胆地用"妇姑勃豀"[2]这句古典了。但婆媳吵架，与西宾[3]又何干呢？因为究竟是学校，所以总还是时常有信来，或是婆婆的，或是媳妇的。我的神经又不强，一闻打门而悔

1 坐馆，旧时对当家庭教师的俗称。
2 "妇姑勃豀"，婆媳吵架的意思。
3 西宾，同西席。旧时对家塾教师或幕友的敬称。

做教员者以此，而且也确有可悔的理由。

这一年她们的家务简直没有完，媳妇儿们不佩服婆婆做校长了，婆婆可是不歇手。这是她的家庭，怎么肯放手呢？无足怪的。而且不但不放，还趁"五七"之际，在什么饭店请人吃饭之后，开除了六个学生自治会的职员[1]，并且发表了那"须知学校犹家庭"的名论。

这回抽出信纸来一看，是媳妇儿们的自治会所发的，略谓：

> 旬余以来，校务停顿，百费待兴，若长此迁延，不特虚掷数百青年光阴，校务前途，亦岌岌不可终日。……

底下是请教员开一个会，出来维持的意思的话，订定的时间是当日下午四点钟。

"去看一看罢。"我想。

这也是我的一种毛病，自己也疑心是自讨苦吃的根苗；明知道无论什么事，在中国是万不可轻易去"看一看"的，然而终于改不掉，所以谓之"病"。但是，究竟也颇熟于世故了，我想

---

1 六个学生自治会的职员，即蒲振声、张平江、郑德音、刘和珍、许广平、姜伯谛。

后，又立刻决定，四点太早，到了一定没有人，四点半去罢。

四点半进了阴惨惨的校门，又走进教员休息室。出乎意料之外！除一个打盹似的校役以外，已有两位教员坐着了。一位是见过几面的；一位不认识，似乎说是姓汪，或姓王，我不大听明白，——其实也无须。

我也和他们在一处坐下了。

"先生的意思以为这事情怎样呢？"这不识教员在招呼之后，看住了我的眼睛问。

"这可以由各方面说……。你问的是我个人的意见么？我个人的意见，是反对杨先生的办法的……。"

糟了！我的话没有说完，他便将他那灵便小巧的头向旁边一摇，表示不屑听完的态度。但这自然是我的主观；在他，或者也许本有将头摇来摇去的毛病的。

"就是开除学生的罚太严了。否则，就很容易解决……。"我还要继续说下去。

"嗡嗡。"他不耐烦似的点头。

我就默然，点起火来吸烟卷。

"最好是给这事情冷一冷……。"不知怎的他又开始发表他的"冷一冷"学说了。

"嗡嗡。瞧着看罢。"这回是我不耐烦似的点头，但终于多说了一句话。

我点头讫，瞥见坐前有一张印刷品，一看之后，毛骨便悚然起来。文略谓：

> ……第用学生自治会名义，指挥讲师职员，召集校务维持讨论会，……本校素遵部章，无此学制，亦无此办法，根本上不能成立。……而自闹潮以来……不能不筹正当方法，又有其他校务进行，亦待大会议决，兹定于（月之二十一日）下午七时，由校特请全体主任专任教员评议会会员在太平湖饭店开校务紧急会议，解决种种重要问题。务恳大驾莅临，无任盼祷！

署名就是我所视为畏途的"国立北京女子师范大学"，但下面还有一个"启"字。我这时才知道我不该来，也无须"莅临"太平湖饭店，因为我不过是一个"兼任教员"。然而校长为什么不制止学生开会，又不预先否认，却要叫我到了学校来看这"启"的呢？我愤然地要质问了，举目四顾，两个教员，一个校役，四面砖墙带着门和窗门，而并没有半个负有答复的责任的生物。"国立北京女子师范学校"虽然能"启",然而是不能答的。只有默默地阴森地四周的墙壁将人包围,现出险恶的颜色。

我感到苦痛了,但没有悟出它的原因。

可是两个学生来请开会了;婆婆终于没有露面。我们就走进会场去,这时连我已经有五个人;后来陆续又到了七八人。于是乎开会。

"为幼稚者"仿佛不大能够"体贴尊长之心"似的,很诉了许多苦。然而我们有什么权利来干预"家庭"里的事呢?而况太平湖饭店里又要"解决种种重要问题"了!但是我也说明了几句我所以来校的理由,并要求学校当局今天缩头缩脑办法的解答。然而,举目四顾,只有媳妇儿们和西宾,砖墙带着门和窗门,而并没有半个负有答复的责任的生物!

我感到苦痛了,但没有悟出它的原因。

这时我所不识的教员和学生在谈话了;我也不很细听。但在他的话里听到一句"你们做事不要碰壁",在学生的话里听到一句"杨先生就是壁",于我就仿佛见了一道光,立刻知道我的痛苦的原因了。

碰壁,碰壁!我碰了杨家的壁了!

其时看看学生们,就像一群童养媳……。

这一种会议是照例没有结果的，几个自以为大胆的人物对于婆婆稍加微辞之后，即大家走散。我回家坐在自己的窗下的时候，天色已近黄昏，而阴惨惨的颜色却渐渐地退去，回忆到碰壁的学说，居然微笑起来了。

中国各处是壁，然而无形，像"鬼打墙"一般，使你随时能"碰"。能打这墙的，能碰而不感到痛苦的，是胜利者。——但是，此刻太平湖饭店之宴已近阑珊，大家都已经吃到冰其淋，在那里"冷一冷"了罢……。

我于是仿佛看见雪白的桌布已经沾了许多酱油渍，男男女女围着桌子都吃冰其淋，而许多媳妇儿，就如中国历来的大多数媳妇儿在苦节的婆婆脚下似的，都决定了暗淡的运命。

我吸了两支烟，眼前也光明起来，幻出饭店里电灯的光彩，看见教育家在杯酒间谋害学生，看见杀人者于微笑后屠戮百姓，看见死尸在粪土中舞蹈，看见污秽洒满了风籁琴，我想取作画图，竟不能画成一线。我为什么要做教员，连自己也侮蔑自己起来。但是织芳[1]来访我了。

我们闲谈之间，他也忽而发感慨——

---

[1] 织芳，即荆有麟（1903—1951），笔名织芳，山西猗氏人。当时参加《莽原》的编辑工作。

"中国什么都黑暗，谁也不行，但没有事的时候是看不出来的。教员咧，学生咧，烘烘烘，烘烘烘，真像一个学校，一有事故，教员也不见了，学生也慢慢躲开了；结局只剩下几个傻子给大家做牺牲，算是收束。多少天之后，又是这样的学校，躲开的也出来了，不见的也露脸了，'地球是圆的'咧，'苍蝇是传染病的媒介'咧，又是学生咧，教员咧，烘烘烘……。"

从不像我似的常常"碰壁"的青年学生的眼睛看来，中国也就如此之黑暗么？然而他们仅有微弱的呻吟，然而一呻吟就被杀戮了！

五月二十一日夜。

（最初发表于1925年6月1日《语丝》周刊第二十九期）

# 并非闲话

　　凡事无论大小，只要和自己有些相干，便不免格外警觉。即如这一回女子师范大学的风潮，我因为在那里担任一点钟功课，也就感到震动，而且就发了几句感慨，登在五月十二的《京报副刊》上。自然，自己也明知道违了"和光同尘"的古训了，但我就是这样，并不想以骑墙或阴柔来买人尊敬。三四天之后，忽然接到一本《现代评论》十五期，很觉得有些稀奇。这一期是新印的，第一页上目录已经整齐（初版字有参差处），就证明着至少是再版。我想：为什么这一期特别卖的多，送的多呢，莫非内容改变了么？翻开初版来，校勘下去，都一样；不过末叶的金城银行的广告已经杳然，所以一篇《女师大的学潮》就赤条条地露出。我不是也发过议论的么？自然要看一看，原来是赞成杨荫榆校长的，和我的论调正相反。做的人是"一个女读者"。

　　中国原是玩意儿最多的地方，近来又刚闹过什么"琴心是否女士"问题，我于是心血来潮，忽而想：又捣什么鬼，装什么佯了？但我即刻不再想下去，因为接着就起了别一个念头，想到近来有些人，凡是自己善于在暗中播弄鼓动的，一看见别人明白质直的言动，便往往反噬他是播弄和鼓动，是某党，是某系；正如偷汉的女人的丈夫，总愿意说世人全是忘八，和他相同，他心里才觉舒畅。这种思想是卑劣的；我太多心了，人们也何至于一定用裙子来做军旗。我就将我的念头打断了。

　　此后，风潮还是拖延着，而且展开来，于是有七个教员的宣言发表，也登在五月二十七日的《京报》上，其中的一个是我。

　　这回的反响快透了，三十日发行（其实是二十九日已经发卖）的《现代评论》上，西滢[1]先生就在《闲话》的第一段中特地评论。但是，据说宣言是"《闲话》正要付印的时候"才在报上见到的，所以前半只论学潮，和宣言无涉。后来又做了三大段，大约是见了宣言之后，这才文思泉涌的罢，可是《闲话》付印的时间，大概总该颇有些耽误了。但后做而移在前面，也未可知。那么，足见这是一段要紧的"闲话"。

　　《闲话》中说，"以前我们常常听说女师大的风潮，有在北京

---

1 西滢，即陈源（1896—1970），字通伯，笔名西滢，江苏无锡人，现代评论派的主要成员。

教育界占最大势力的某籍某系的人在暗中鼓动，可是我们总不敢相信。"所以他只在宣言中摘出"最精彩的几句"，加上圈子，评为"未免偏袒一方"；而且因为"流言更加传布得厉害"，遂觉"可惜"，但他说"还是不信我们平素所很尊敬的人会暗中挑剔风潮"。这些话我觉得确有些超妙的识见。例如"流言"本是畜类的武器，鬼蜮的手段，实在应该不信它。又如一查籍贯，则即使装作公平，也容易启人疑窦，总不如"不敢相信"的好，否则同籍的人固然惮于在一张纸上宣言，而别一某籍的人也不便在暗中给同籍的人帮忙了。这些"流言"和"听说"，当然都只配当作狗屁！

　　但是，西滢先生因为"未免偏袒一方"而遂叹为"可惜"，仍是引用"流言"，我却以为是"可惜"的事。清朝的县官坐堂，往往两造各责小板五百完案，"偏袒"之嫌是没有了，可是终于不免为胡涂虫。假使一个人还有是非之心，倒不如直说的好；否则，虽然吞吞吐吐，明眼人也会看出他暗中"偏袒"那一方，所表白的不过是自己的阴险和卑劣。宣言中所谓"若离若合，殊有混淆黑白之嫌"者，似乎也就是为此辈的手段写照。而且所谓"挑剔风潮"的"流言"，说不定就是这些伏在暗中，轻易不大露面的东西所制造的，但我自然也"没有调查详细的事实，不大知道"。可惜的是西滢先生虽说"还是不信"，却已为我辈"可惜"，足见流言之易于惑人，无怪常有人用作武器。但在我，却直到看见这《闲话》之后，才知道西滢先生们原来"常常"听到这样的流言，并且和我偶尔听到的都不对。可见流言也有种种，某种流言，大抵是奔凑到某种耳朵，写出在某种笔下的。

但在《闲话》的前半，即西滢先生还未在报上看见七个教员的宣言之前，已经比学校为"臭毛厕"，主张"人人都有扫除的义务"了。为什么呢？一者报上两个相反的启事已经发现；二者学生把守校门；三者有"校长不能在学校开会，不得不借邻近的饭店招集教员开会的奇闻"。但这所述的"臭毛厕"的情形还得修改些，因为层次有点颠倒。据宣言说，则"饭店开会"，乃在"把守校门"之前，大约西滢先生觉得不"最精彩"，所以没有摘录，或者已经写好，所以不及摘录的罢。现在我来补摘几句，并且也加些圈子，聊以效颦——

……迨五月七日校内讲演时，学生劝校长杨荫榆先生退席后，杨先生乃于饭馆召集校员若干燕饮，继即以评议会名义，将学生自治会职员六人揭示开除，由是全校哗然，有坚拒杨先生长校之事变。……

《闲话》里的和这事实的颠倒，从神经过敏的看起来，或者也可以认为"偏袒"的表现；但我在这里并非举证，不过聊作插话而已。其实，"偏袒"两字，因我适值选得不大堂皇，所以使人厌观，倘用别的字，便会大大的两样。况且，即使是自以为公平的批评家，"偏袒"也在所不免的，譬如和校长同籍贯，或是好朋友，或是换帖兄弟，或是叨过酒饭，每不免于不知不觉间有所"偏袒"。这也算人情之常，不足深怪；但当侃侃而谈之际，那自然也许流露出来。然而也没有什么要紧，局外人那里会知道这许多底细呢，无伤大体的。

但是学校的变成"臭毛厕"，却究竟在"饭店召集教员"之后，酒醉饭饱，毛厕当然合用了。西滢先生希望"教育当局"打扫，我以为在打扫之前，还须先封饭店，否则醉饱之后，总要拉矢，毛厕即永远需用，怎么打扫得干净？而且，还未打扫之前，不是已经有了"流言"了么？流言之力，是能使粪便增光，蛆虫成圣的，打扫夫又怎么动手？姑无论现在有无打扫夫。

至于"万不可再敷衍下去"，那可实在是斩钉截铁的办法。正应该这样办。但是，世上虽然有斩钉截铁的办法，却很少见有敢负责任的宣言。所多的是自在黑幕中，偏说不知道；替暴君奔走，却以局外人自居；满肚子怀着鬼胎，而装出公允的笑脸；有谁明说出自己所观察的是非来的，他便用了"流言"来作不负责任的武器：这种蛆虫充满的"臭毛厕"，是难于打扫干净的。丢尽"教育界的面目"的丑态，现在和将来还多着哩！

五月三十日。

（最初发表于1925年6月1日《京报副刊》）

# 我的“籍”和“系”

虽然因为我劝过人少——或者竟不——读中国书，曾蒙一位不相识的青年先生赐信要我搬出中国去，但是我终于没有走。而且我究竟是中国人，读过中国书的，因此也颇知道些处世的妙法。譬如，假使要掉文袋，可以说说“桃红柳绿”，这些事是大家早已公认的，谁也不会说你错。如果论史，就赞几句孔明，骂一通秦桧，这些是非也早经论定，学述一回决没有什么差池；况且秦太师的党羽现已半个无存，也可保毫无危险。至于近事呢，勿谈为佳，否则连你的籍贯也许会使你由可“尊敬”而变为“可惜”的。

我记得宋朝是不许南人做宰相的，那是他们的“祖制”，只可惜终于不能坚持。至于“某籍”人说不得话，却是我近来的新发见。也还是女师大的风潮，我说了几句话。但我先要声明，我既然说过，颇知道些处世的妙法，为什么又去说话呢？那是，因为，我是见过清末捣乱的人，没有生长在太平盛世，所以纵使颇有些涵养工夫，有时也不免要开口，客气地说，就是大不"安分"的。于是乎我说话了，不料陈西滢先生早已常常听到一种"流言"，那大致是"女师大的风潮，有北京教育界占最大势力的某籍某系的人在暗中鼓动"。现在我一说话，恰巧化"暗"为"明"，就使这常常听到流言的西滢先生代为"可惜"，虽然他存心忠厚，"自然还是不信平素所很尊敬的人会暗中挑剔风潮"；无奈"流言"却"更加传布得厉害了"，这怎不使人"怀疑"呢？自然是难怪的。

我确有一个"籍"，也是各人各有一个的籍，不足为奇。但我是什么"系"呢？自己想想，既非"研究系"，也非"交通系"，真不知怎么一回事。只好再精查，细想；终于也明白了，现在写它出来，庶几乎免得又有"流言"，以为我是黑籍的政客。

因为应付某国某君[1]的嘱托，我正写了一点自己的履历，第一句是"我于一八八一年生在浙江省绍兴府城里一家姓周的家里"，这里就说明了我的"籍"。但自从到了"可惜"的地位之后，我便又在末尾添上一句道，"近几年我又兼做北京大学，师范大学，女子师范大学的国文系讲师"，这大概就是我的"系"

1 某君，指王希礼，原名瓦西里耶夫（Б. А. Васильев，？—1937），苏联人，俄文本《阿Q正传》的最初翻译者，当时是在河南的国民军第二军苏联顾问团成员。

了。我真不料我竟成了这样的一个"系"。

我常常要"挑剔"文字是确的，至于"挑剔风潮"这一种连字面都不通的阴谋，我至今还不知道是怎样的做法。何以一有流言，我就得沉默，否则立刻犯了嫌疑，至于使和我毫不相干的人如西滢先生者也来代为"可惜"呢？那么，如果流言说我正在钻营，我就得自己锁在房里了；如果流言说我想做皇帝，我就得连忙自称奴才了。然而古人却确是这样做过了，还留下些什么"空穴来风，桐乳来巢"的鬼格言。可惜我总不耐烦敬步后尘；不得已，我只好对于无论是谁，先奉还他无端送给我的"尊敬"。

其实，现今的将"尊敬"来布施和拜领的人们，也就都是上了古人的当。我们的乏的古人想了几千年，得到一个制驭别人的巧法：可压服的将他压服，否则将他抬高。而抬高也就是一种压服的手段，常常微微示意说，你应该这样，倘不，我要将你摔下来了。求人尊敬的可怜虫于是默默地坐着；但偶然也放开喉咙道"有利必有弊呀！""彼亦一是非，此亦一是非呀！""猗欤休哉[1]呀！"听众遂亦同声赞叹道，"对呀对呀，可敬极了呀！"这样的互相敷衍下去，自己以为有趣。

---

1 猗欤休哉，古汉语中的叹美词。

从此这一个办法便成为八面锋[1]，杀掉了许多乏人和白痴，但是穿了圣贤的衣冠入殓。可怜他们竟不知道自己将褒贬他的人们的身价估得太大了，反至于连自己的原价也一同失掉。

　　人类是进化的，现在的人心，当然比古人的高洁；但是"尊敬"的流毒，却还不下于流言，尤其是有谁装腔作势，要来将这撤去时，更足使乏人和白痴惶恐。我本来也无可尊敬；也不愿受人尊敬，免得不如人意的时候，又被人摔下来。更明白地说罢：我所憎恶的太多了，应该自己也得到憎恶，这才还有点像活在人间；如果收得的乃是相反的布施，于我倒是一个冷嘲，使我对于自己也要大加侮蔑；如果收得的是吞吞吐吐的不知道算什么，则使我感到将要呕哕似的恶心。然而无论如何，"流言"总不能吓哑我的嘴……。

六月二日晨。

（最初发表于1925年6月5日《莽原》周刊第七期）

———

1 八面锋，意为锋利无比。

# 咬文嚼字

## 三

自从世界上产生了"须知学校犹家庭"的名论之后，颇使我觉得惊奇，想考查这家庭的组织。后来，幸而在《国立北京女子师范大学校长杨荫榆对于暴烈学生之感言》中，发见了"与此曹子勃谿相向"这一句话，才算得到一点头绪：校长和学生的关系是"犹"之"妇姑"。于是据此推断，以为教员都是杂凑在杨府上的西宾，将这结论在《语丝》上发表。"可惜"！昨天偶然在《晨报》上拜读"该校哲教系教员兼代主任汪懋祖[1]以彼之意见书投寄本报"的话，这才知道我又错了，原来都是弟兄，而且现正"相煎益急"，像曹操的儿子阿丕和阿植似的。

但是，尚希原谅，我于引用的原文上都不加圈了。只因为我不想圈，并非文章坏。

---

1 汪懋祖（1891－1949），字典存，江苏吴县（今属苏州）人，曾留学美国，当时任女师大教授、哲学系代主任。

据考据家说，这曹子建的《七步诗》是假的。但也没有什么大相干，姑且利用它来活剥一首，替豆萁伸冤：

　　煮豆燃豆萁，萁在釜下泣——
　　我烬你熟了，正好办教席！

六月五日。

（最初发表于1925年6月7日《京报副刊》）

# 忽然想到

**十**

无论是谁，只要站在"辩诬"的地位的，无论辩白与否，都已经是屈辱。更何况受了实际的大损害之后，还得来辩诬。

我们的市民被上海租界的英国巡捕击杀了，我们并不还击，却先来赶紧洗刷牺牲者的罪名。说道我们并非"赤化"，因为没有受别国的煽动；说道我们并非"暴徒"，因为都是空手，没有兵器的。我不解为什么中国人如果真使中国赤化，真在中国暴动，就得听英捕来处死刑？记得新希腊人也曾用兵器对付过国内的土耳其人，却并不被称为暴徒；俄国确已赤化多年了，也没有得到别国开枪的惩罚。而独有中国人，则市民被杀之后，还要皇皇然辩诬，张着含冤的眼睛，向世界搜求公道。

其实，这原由是很容易了然的，就因为我们并非暴徒，并未赤化的缘故。

因此我们就觉得含冤，大叫着伪文明的破产。可是文明是向来如此的，并非到现在才将假面具揭下来。只因为这样的损害，以前是别民族所受，我们不知道，或者是我们原已屡次受过，现在都已忘却罢了。公道和武力合为一体的文明，世界上本未出现，那萌芽或者只在几个先驱者和几群被迫压民族的脑中。但是，当自己有了力量的时候，却往往离而为二了。

但英国究竟有真的文明人存在。今天，我们已经看见各国无党派智识阶级劳动者所组织的国际工人后援会，大表同情于中国的《致中国国民宣言》了。列名的人，英国就有培那特萧[1]（Bernard Shaw），中国的留心世界文学的人大抵知道他的名字；法国则巴尔布斯[2]（Henri Barbusse），中国也曾译过他的作品。他的母亲却是英国人；或者说，因此他也富有实行的质素，法国作家所常有的享乐的气息，在他的作品中是丝毫也没有的。现在都出而为中国鸣不平了，所以我觉得英国人的品性，我们可学的地方还多着，——但自然除了捕头，商人，和看见学生的游行而在屋顶拍手嘲笑的娘儿们。

我并非说我们应该做"爱敌若友"的人，不过说我们目下委实并没有认谁作敌。近来的文字中，虽然偶有"认清敌人"这些

---

1 培那特萧，通译萧伯纳。
2 巴尔布斯（1873—1935），通译巴比塞，法国作家。

话，那是行文过火的毛病。倘有敌人，我们就早该抽刃而起，要求"以血偿血"了。而现在我们所要求的是什么呢？辩诬之后，不过想得点轻微的补偿；那办法虽说有十几条，总而言之，单是"不相往来"，成为"路人"而已。虽是对于本来极密的友人，怕也不过如此罢。

然而将实话说出来，就是：因为公道和实力还没有合为一体，而我们只抓得了公道，所以满眼是友人，即使他加了任意的杀戮。

如果我们永远只有公道，就得永远着力于辩诬，终身空忙碌。这几天有些纸贴在墙上，仿佛叫人勿看《顺天时报》似的。我从来就不大看这报，但也并非"排外"，实在因为它的好恶，每每和我的很不同。然而也间有很确，为中国人自己不肯说的话。大概两三年前，正值一种爱国运动的时候罢，偶见一篇它的社论，大意说，一国当衰弊之际，总有两种意见不同的人。一是民气论者，侧重国民的气概，一是民力论者，专重国民的实力。前者多则国家终亦渐弱，后者多则将强。我想，这是很不错的；而且我们应该时时记得的。

可惜中国历来就独多民气论者，到现在还如此。如果长此不改，"再而衰，三而竭"，将来会连辩诬的精力也没有了。所以在不得已而空手鼓舞民气时，尤必须同时设法增长国民的实力，还要永远这样的干下去。

因此，中国青年负担的烦重，就数倍于别国的青年了。因为我们的古人将心力大抵用到玄虚漂渺平稳圆滑上去了，便将艰难切实的事情留下，都待后人来补做，要一人兼做两三人，四五人，十百人的工作，现在可正到了试练的时候了。对手又是坚强的英人，正是他山的好石，大可以借此来磨练。假定现今觉悟的青年的平均年龄为二十，又假定照中国人易于衰老的计算，至少也还可以共同抗拒，改革，奋斗三十年。不够，就再一代，二代……。这样的数目，从个体看来，仿佛是可怕的，但倘若这一点就怕，便无药可救，只好甘心灭亡。因为在民族的历史上，这不过是一个极短时期，此外实没有更快的捷径。我们更无须迟疑，只是试练自己，自求生存，对谁也不怀恶意的干下去。

但足以破灭这运动的持续的危机，在目下就有三样：一是日夜偏注于表面的宣传，鄙弃他事；二是对同类太操切，稍有不合，便呼之为国贼，为洋奴；三是有许多巧人，反利用机会，来猎取自己目前的利益。

六月十一日。

# 十一

## 1　急不择言

"急不择言"的病源，并不在没有想的工夫，而在有工夫的时候没有想。

上海的英国捕头残杀市民之后，我们就大惊愤，大嚷道：伪文明人的真面目显露了！那么，足见以前还以为他们有些真文明。然而中国有枪阶级的焚掠平民，屠杀平民，却向来不很有人抗议。莫非因为动手的是"国货"，所以连残杀也得欢迎；还是我们原是真野蛮，所以自己杀几个自家人就不足为奇呢？

自家相杀和为异族所杀当然有些不同。譬如一个人，自己打自己的嘴巴，心平气和，被别人打了，就非常气忿。但一个人而至于乏到自己打嘴巴，也就很难免为别人所打，如果世界上"打"的事实还没有消除。

我们确有点慌乱了，反基督教的叫喊的尾声还在，而许多人已颇佩服那教士的对于上海事件的公证；并且还有去向罗马教皇诉苦的。一流血，风气就会这样的转变。

## 2　一致对外

甲："喂，乙先生！你怎么趁我忙乱的时候，又将我的东西拿走了？现在拿出来，还我罢！"

乙："我们要一致对外！这样危急时候，你还只记得自己的东西么？亡国奴！"

**3 "同胞同胞！"**

我愿意自首我的罪名：这回除硬派的不算外，我也另捐了极少的几个钱，可是本意并不在以此救国，倒是为了看见那些老实的学生们热心奔走得可感，不好意思给他们碰钉子。

学生们在演讲的时候常常说，"同胞，同胞！……"但你们可知道你们所有的是怎样的"同胞"，这些"同胞"是怎样的心么？

不知道的。即如我的心，在自己说出之前，募捐的人们大概就不知道。

我的近邻有几个小学生，常常用几张小纸片，写些幼稚的宣传文，用他们弱小的腕，来贴在电杆或墙壁上。待到第二天，我每见多被撕掉了。虽然不知道撕的是谁，但未必是英国人或日本人罢。

"同胞，同胞！……"学生们说。

我敢于说，中国人中，仇视那真诚的青年的眼光，有的比英国或日本人还凶险。为"排货"[1]复仇的，倒不一定是外国人！

---

1 "排货"，指当时的抵制英国货和日本货。

要中国好起来，还得做别样的工作。

这回在北京的演讲和募捐之后，学生们和社会上各色人物接触的机会已经很不少了，我希望有若干留心各方面的人，将所见，所受，所感的都写出来，无论是好的，坏的，像样的，丢脸的，可耻的，可悲的，全给它发表，给大家看看我们究竟有着怎样的"同胞"。

明白以后，这才可以计画别样的工作。

而且也无须掩饰。即使所发见的并无所谓同胞，也可以从头创造的；即使所发见的不过完全黑暗，也可以和黑暗战斗的。

而且也无须掩饰了，外国人的知道我们，常比我们自己知道得更清楚。试举一个极近便的例，则中国人自编的《北京指南》，还是日本人做的《北京》精确！

### 4　断指和晕倒

又是砍下指头，又是当场晕倒。

断指是极小部分的自杀，晕倒是极暂时中的死亡。我希望这样的教育不普及；从此以后，不再有这样的现象。

### 5　文学家有什么用？

因为沪案发生以后，没有一个文学家出来"狂喊"，就有人发了疑问了，曰："文学家究竟有什么用处？"

今敢敬谨答曰：文学家除了诌几句所谓诗文之外，实在毫无用处。

中国现下的所谓文学家又作别论；即使是真的文学大家，然而却不是"诗文大全"，每一个题目一定有一篇文章，每一回案件一定有一通狂喊。他会在万籁无声时大呼，也会在金鼓喧阗中沉默。Leonardo da Vinci[1]非常敏感，但为要研究人的临死时的恐怖苦闷的表情，却去看杀头。中国的文学家固然并未狂喊，却还不至于如此冷静。况且有一首《血花缤纷》，不是早经发表了么？虽然还没有得到是否"狂喊"的定评。

文学家也许应该狂喊了。查老例，做事的总不如做文的有名。所以，即使上海和汉口的牺牲者的姓名早已忘得干干净净，诗文却往往更久地存在，或者还要感动别人，启发后人。

这倒是文学家的用处。血的牺牲者倘要讲用处，或者还不如做文学家。

## 6 "到民间去"

但是，好许多青年要回去了。

从近时的言论上看来，旧家庭仿佛是一个可怕的吞噬青年

---

1 Leonardo da Vinci，即达·芬奇。

的新生命的妖怪，不过在事实上，却似乎还不失为到底可爱的东西，比无论什么都富于摄引力。儿时的钓游之地，当然很使人怀念的，何况在和大都会隔绝的城乡中，更可以暂息大半年来努力向上的疲劳呢。

更何况这也可以算是"到民间去"。

但从此也可以知道：我们的"民间"怎样；青年单独到民间时，自己的力量和心情，较之在北京一同大叫这一个标语时又怎样？

将这经历牢牢记住，倘将来从民间来，在北京再遇到一同大叫这一个标语的时候，回忆起来，就知道自己是在说真还是撒诳。

那么，就许有若干人要沉默，沉默而苦痛，然而新的生命就会在这苦痛的沉默里萌芽。

## 7 魂灵的断头台

近年以来，每个夏季，大抵是有枪阶级的打架季节，也是青年们的魂灵的断头台。

到暑假，毕业的都走散了，升学的还未进来，其余的也大半回到家乡去。各样同盟于是暂别，喊声于是低微，运动于是销沉，刊物于是中辍。好像炎热的巨刃从天而降，将神经中枢突然斩断，使这首都忽而成为尸骸。但独有狐鬼却仍在死尸上往来，从从容容地竖起它占领一切的大纛。

待到秋高气爽时节，青年们又聚集了，但不少是已经新陈代谢。他们在未曾领略过的首善之区[1]的使人健忘的空气中，又开始了新的生活，正如毕业的人们在去年秋天曾经开始过的新的生活一般。

于是一切古董和废物，就都使人觉得永远新鲜；自然也就觉不出周围是进步还是退步，自然也就分不出遇见的是鬼还是人。不幸而又有事变起来，也只得还在这样的世上，这样的人间，仍旧"同胞同胞"的叫喊。

### 8　还是一无所有

中国的精神文明，早被枪炮打败了，经过了许多经验，已经要证明所有的还是一无所有。讳言这"一无所有"，自然可以聊以自慰；倘更铺排得好听一点，还可以寒天烘火炉一样，使人舒服得要打盹儿。但那报应是永远无药可医，一切牺牲全都白费，因为在大家打着盹儿的时候，狐鬼反将牺牲吃尽，更加肥胖了。

---

1 首善之区，指首都，这里指当时北洋政府的首都北京。

大概，人必须从此有记性，观四向而听八方，将先前一切自欺欺人的希望之谈全都扫除，将无论是谁的自欺欺人的假面全都撕掉，将无论是谁的自欺欺人的手段全都排斥，总而言之，就是将华夏传统的所有小巧的玩艺儿全都放掉，倒去屈尊学学枪击我们的洋鬼子，这才可望有新的希望的萌芽。

六月十八日。

〔最初分两次发表于1925年6月16日《民众文艺周刊》第二十四号及6月23日《民众周刊》（《民众文艺周刊》改名）第二十五号〕

# 补白

## 一

　　"公理战胜"的牌坊，立在法国巴黎的公园里不知怎样，立在中国北京的中央公园里可实在有些希奇，——但这是现在的话。当时，市民和学生也曾游行欢呼过。

　　我们那时的所以入战胜之林者，因为曾经送去过很多的工人；大家也常常自夸工人在欧战的劳绩。现在不大有人提起了，战胜也忘却了，而且实际上是战败了。

　　现在的强弱之分固然在有无枪炮，但尤其是在拿枪炮的人。假使这国民是卑怯的，即纵有枪炮，也只能杀戮无枪炮者，倘敌手也有，胜败便在不可知之数了。这时候才见真强弱。

　　我们弓箭是能自己制造的，然而败于金，败于元，败于清。记得宋人的一部杂记里记有市井间的谐谑，将金人和宋人的事物来比较。譬如问金人有箭，宋有什么？则答道，"有锁子甲"。又问金有四太子，宋有何人？则答道，"有岳少保"。临末问，金人有狼牙棒（打人脑袋的武器），宋有什么？却答道，"有天灵盖"！

自宋以来，我们终于只有天灵盖而已，现在又发现了一种"民气"，更加玄虚飘渺了。

但不以实力为根本的民气，结果也只能以固有而不假外求的天灵盖自豪，也就是以自暴自弃当作得胜。我近来也颇觉"心上有杞天之虑"，怕中国更要复古了。瓜皮帽，长衫，双梁鞋，打拱作揖，大红名片，水烟筒，或者都要成为爱国的标征，因为这些都可以不费力气而拿出来，和天灵盖不相上下的。（但大红名片也许不用，以避"赤化"之嫌。）

然而我并不说中国人顽固，因为我相信，鸦片和扑克是不会在排斥之列的。况且爱国之士不是已经说过，马将牌已在西洋盛行，给我们复了仇么？

爱国之士又说，中国人是爱和平的。但我殊不解既爱和平，何以国内连年打仗？或者这话应该修正：中国人对外国人是爱和平的。

我们仔细查察自己，不再说谎的时候应该到来了，一到不再自欺欺人的时候，也就是到了看见希望的萌芽的时候。

我不以为自承无力，是比自夸爱和平更其耻辱。

六月二十三日。

## 二

先前以"士人""上等人"自居的，现在大可以改称"平民"了罢；在实际上，也确有许多人已经如此。彼一时，此一时，清朝该去考秀才，捐监生，现在就只得进学校。"平民"这一个徽号现已日见其时式，地位也高起来了，以此自居，大概总可以从别人得到和先前对于"上等人"一样的尊敬，时势虽然变迁，老地位是不会失掉的。倘遇见这样的平民，必须恭维他，至少也得点头拱手陪笑唯诺，像先前下等人的对于贵人一般。否则，你就会得到罪名，曰："骄傲"，或"贵族的"。因为他已经是平民了。见平民而不格外趋奉，非骄傲而何？

清的末年，社会上大抵恶革命党如蛇蝎，南京政府一成立，漂亮的士绅和商人看见似乎革命党的人，便亲密的说道："我们本来都是'草字头'¹，一路的呵。"

---

1"草字头"，一种隐语，因"革"字与"草"字的起头相似，所以当时一般人称革命党为"草字头"。

徐锡麟[1]刺杀恩铭之后，大捕党人，陶成章[2]君是其中之一，罪状曰："著《中国权力史》，学日本催眠术。"（何以学催眠术就有罪，殊觉费解。）于是连他在家的父亲也大受痛苦；待到革命兴旺，这才被尊称为"老太爷"；有人给"孙少爷"去说媒。可惜陶君不久就遭人暗杀了，神主入祠的时候，捧香恭送的士绅和商人尚有五六百。直到袁世凯打倒二次革命之后，这才冷落起来。

谁说中国人不善于改变呢？每一新的事物进来，起初虽然排斥，但看到有些可靠，就自然会改变。不过并非将自己变得合于新事物，乃是将新事物变得合于自己而已。

佛教初来时便大被排斥，一到理学先生谈禅，和尚做诗的时候，"三教同源"的机运就成熟了。听说现在悟善社[3]里的神主已经有了五块：孔子，老子，释迦牟尼，耶稣基督，谟哈默德。

---

1 徐锡麟（1873—1907），字伯荪，浙江山阴（今绍兴）人，清末革命团体光复会的重要成员。

2 陶成章（1878—1912），字希道，号焕卿，浙江会稽（今绍兴）人，清末革命家，光复会领袖之一。

3 悟善社，一种封建迷信的道门组织。

中国老例，凡要排斥异己的时候，常给对手起一个诨名，——或谓之"绰号"。这也是明清以来讼师的老手段；假如要控告张三李四，倘只说姓名，本很平常，现在却道"六臂太岁张三"，"白额虎李四"，则先不问事迹，县官只见绰号，就觉得他们是恶棍了。

　　月球只一面对着太阳，那一面我们永远不得见。歌颂中国文明的也惟以光明的示人，隐匿了黑的一面。譬如说到家族亲旧，书上就有许多好看的形容词：慈呀，爱呀，悌呀，……又有许多好看的古典：五世同堂呀，礼门呀，义宗呀，……至于诨名，却藏在活人的心中，隐僻的书上。最简单的打官司教科书《萧曹遗笔》里就有着不少惯用的恶谥，现在钞一点在这里，省得自己做文章——

　　　亲戚类

　　　　孽亲　枭亲　兽亲　鳄亲　虎亲　歪亲

　　　尊长类

　　　　鳄伯　虎伯（叔同）　孽兄　毒兄　虎兄

　　　卑幼类

　　　　悖男　恶侄　孽侄　悖孙　虎孙　枭甥

孽甥　悖妾　泼媳　枭弟　恶婿　凶奴

其中没有父母，那是例不能控告的，因为历朝大抵"以孝治天下"。

这一种手段也不独讼师有。民国元年章太炎先生在北京，好发议论，而且毫无顾忌地褒贬。常常被贬的一群人于是给他起了一个绰号，曰"章疯子"。其人既是疯子，议论当然是疯话，没有价值的了，但每有言论，也仍在他们的报章上登出来，不过题目特别，道：《章疯子大发其疯》。有一回，他可是骂到他们的反对党头上去了。那怎么办呢？第二天报上登出来的时候，那题目是：《章疯子居然不疯》。

往日看《鬼谷子》，觉得其中的谋略也没有什么出奇，独有《飞箝》中的"可箝而从，可箝而横，……可引而反，可引而覆。虽覆能复，不失其度"这一段里的一句"虽覆能复"很有些可怕。但这一种手段，我们在社会上是时常遇见的。

《鬼谷子》自然是伪书，决非苏秦张仪的老师所作；但作者也决不是"小人"，倒是一个老实人。宋的来鹄已经说，"捭阖飞箝，今之常态，不读鬼谷子者，皆得自然符契也。"人们常用，不以为奇，作者知道了一点，便笔之于书，当作秘诀，可见禀性纯厚，不但手段，便是心里的机诈也并不多。如果是大富翁，他肯将十元钞票嵌在镜屏里当宝贝么？

鬼谷子所以究竟不是阴谋家，否则，他还该说得吞吞吐吐些；或者自己不说，而钩出别人来说；或者并不必钩出别人来说，而自己永远阔不可言。这末后的妙法，知者不言，书上也未见，所以我不知道，倘若知道，就不至于老在灯下编《莽原》，做《补白》了。

但各种小纵横，我们总常要身受，或者目睹。夏天的忽而甲乙相打；忽而甲乙相亲，同去打丙；忽而甲丙相合，又同去打乙，忽而甲丙又互打起来，就都是这"覆""复"作用；化数百元钱，请一回酒，许多人立刻变了色彩，也还是这顽意儿。然而真如来鹄所说，现在的人们是已经"是乃天授，非人力也"的；倘使要看了《鬼谷子》才能，就如拿着文法书去和外国人谈天一样，一定要碰壁。

七月一日[1]。

---

1 本节发表时没有注明写作时间，"七月一日"是作者在结集时补上的。

## 三

离五卅事件的发生已有四十天，北京的情形就像五月
二十九日一样。聪明的批评家大概快要提出照例的"五分钟
热度"说来了罢，虽然也有过例外：曾将汤尔和[1]先生的大门
"打得擂鼓一般，足有十五分钟之久。"（见六月二十三日《晨
报》）有些学生们也常常引这"五分热"说自诫，仿佛早经觉
到了似的。

但是，中国的老先生们——连二十岁上下的老先生们都算
在内——不知怎的总有一种矛盾的意见，就是将女人孩子看得
太低，同时又看得太高。妇孺是上不了场面的；然而一面又拜才
女，捧神童，甚至于还想借此结识一个阔亲家，使自己也连类飞
黄腾达。什么木兰从军，缇萦救父，更其津津乐道，以显示自己
倒是一个死不挣气的瘟虫。对于学生也是一样，既要他们"莫
谈国事"，又要他们独退番兵，退不了，就冷笑他们无用。

倘在教育普及的国度里，国民十之九是学生；但在中国，
自然还是一个特别种类。虽是特别种类，却究竟是"束发小
生"，所以当然不会有三头六臂的大神力。他们所能做的，也无

---

1 汤尔和（1878－1940），名槱，字尔和，浙江杭县（今杭州）人。曾任北洋政府教
育总长，抗日战争期间出任日伪临时政府行政委员会委员长兼教育总长等职。

非是演讲，游行，宣传之类，正如火花一样，在民众的心头点火，引起他们的光焰来，使国势有一点转机。倘若民众并没有可燃性，则火花只能将自身烧完，正如在马路上焚纸人轿马，暂时引得几个人闲看，而终于毫不相干，那热闹至多也不过如"打门"之久。谁也不动，难道"小生"们真能自己来打枪铸炮，造兵舰，糊飞机，活擒番将，平定番邦么？所以这"五分热"是地方病，不是学生病。这已不是学生的耻辱，而是全国民的耻辱了；倘在别的有活力，有生气的国度里，现象该不至于如此的。外人不足责，而本国的别的灰冷的民众，有权者，袖手旁观者，也都于事后来嘲笑，实在是无耻而且昏庸！

但是，别有所图的聪明人又作别论，便是真诚的学生们，我以为自身却有一个颇大的错误，就是正如旁观者所希望或冷笑的一样：开首太自以为有非常的神力，有如意的成功。幻想飞得太高，堕在现实上的时候，伤就格外沉重了；力气用得太骤，歇下来的时候，身体就难于动弹了。为一般计，或者不如知道自己所有的不过是"人力"，倒较为切实可靠罢。

现在，从读书以至"寻异性朋友讲情话"，似乎都为有些有志者所诟病了。但我想，责人太严，也正是"五分热"的一个病源。譬如自己要择定一种口号——例如不买英日货——来履行，与其不饮不食的履行七日或痛哭流涕的履行一月，倒不如也看书也履行至五年，或者也看戏也履行至十年，或者也寻异性朋友也履行至五十年，或者也讲情话也履行至一百年。记得韩非子曾经教人以竞马的要妙，其一是"不耻最后"。即使慢，驰而不息，纵令落后，纵令失败，但一定可以达到他所向的目标。

七月八日。

（最初分三次发表于1925年6月26日出版的《莽原》周刊第十期、7月3日出版的十一期及同月10日出版的第十二期）

# 答KS君

KS兄：

我很感谢你的殷勤的慰问，但对于你所愤慨的两点和几句结论，我却并不谓然，现在略说我的意见——

第一，章士钊将我免职，我倒并没有你似的觉得诧异，他那对于学校的手段，我也并没有你似的觉得诧异，因为我本就没有预期章士钊能做出比现在更好的事情来。我们看历史，能够据过去以推知未来，看一个人的已往的经历，也有一样的效用。你先有了一种无端的迷信，将章士钊当作学者或智识阶级的领袖看，于是从他的行为上感到失望，发生不平，其实是作茧自缚；他这人本来就只能这样，有着更好的期望倒是你自己的误谬。使我较为感到有趣的倒是几个向来称为学者或教授的人们，居然也渐次吞吞吐吐地来说微温话了，什么"政潮"咧，"党"咧，仿佛他们都是上帝一样，超然象外，十分公平似的。谁知道人世上并没有这样一道矮

118

墙，骑着而又两脚踏地，左右稳妥，所以即使吞吞吐吐，也还是将自己的魂灵枭首通衢，挂出了原想竭力隐瞒的丑态。丑态，我说，倒还没有什么丢人，丑态而蒙着公正的皮，这才催人呕吐。但终于使我觉得有趣的是蒙着公正的皮的丑态，又自己开出帐来发表了。仿佛世界上还有光明，所以即便费尽心机，结果仍然是一个瞒不住。

第二，你这样注意于《甲寅周刊》，也使我莫明其妙。《甲寅》第一次出版时，我想，大约章士钊还不过熟读了几十篇唐宋八大家文，所以模仿吞剥，看去还近于清通。至于这一回，却大大地退步了，关于内容的事且不说，即以文章论，就比先前不通得多，连成语也用不清楚，如"每下愈况"之类。尤其害事的是他似乎后来又念了几篇骈文，没有融化，而急于掊搂[1]，所以弄得文字庞杂，有如泥浆混着沙砾一样。即如他那《停办北京女子师范大学呈文》中有云，"钊念儿女乃家家所有良用痛心为政而人人悦之亦无是理"，旁加密圈，想是得意之笔了。但比起何栻[2]《齐姜醉遣晋公子赋》的"公子固翩翩绝世

---

1 掊搂，意为摘取和撕扯，一般指剽窃别人的词句。
2 何栻（1816－1872），字廉昉，号悔庵，江苏江阴人。清道光时进士，曾任吉安府知府。

未免有情少年而碌碌因人安能成事"来，就显得字句和声调都怎样陋弱可哂。何栻比他高明得多，尚且不能入作者之林，章士钊的文章更于何处讨生活呢？况且，前载公文，接着就是通信，精神虽然是自己广告性的半官报，形式却成了公报尺牍合璧了，我中国自有文字以来，实在没有过这样滑稽体式的著作。这种东西，用处只有一种，就是可以借此看看社会的暗角落里，有着怎样灰色的人们，以为现在是攀附显现的时候了，也都吞吞吐吐的来开口。至于别的用处，我委实至今还想不出来。倘说这是复古运动的代表，那可是只见得复古派的可怜，不过以此当作讣闻，公布文言文的气绝罢了。

　　所以，即使真如你所说，将有文言白话之争，我以为也该是争的终结，而非争的开头，因为《甲寅》不足称为敌手，也无所谓战斗。倘要开头，他们还得有一个更通古学，更长古文的人，才能胜对垒之任，单是现在似的每周印一回公牍和游谈的堆积，纸张虽白，圈点虽多，是毫无用处的。

　　　　　　　　　　　　　　鲁迅。八月二十日。

（最初发表于1925年8月28日《莽原》周刊第十九期）

# "碰壁"之余

　　女师大事件在北京似乎竟颇算一个问题，号称"大报"如所谓《现代评论》者，居然也"评论"了好几次。据我所记得的，是先有"一个女读者"的一封信，无名小婢，不在话下。此后是两个作者的"评论"了：陈西滢先生在《闲话》之间评为"臭毛厕"，李仲揆先生的《在女师大观剧的经验》里则比作戏场。我很吃惊于同是人，而眼光竟有这么不同；但究竟同是人，所以意见也不无符合之点：都不将学校看作学校。这一点，也可以包括杨荫榆女士的"学校犹家庭"和段祺瑞执政的"先父兄之教"。

　　陈西滢先生是"久已夫非一日矣"的《闲话》作家，那大名我在报纸的广告上早经看熟了，然而大概还是一位高人，所以遇有不合自意的，便一气呵成屎橛，而世界上蛆虫也委实太多。至于李仲揆先生其人也者，我在《女师风潮纪事》上才识大名，是八月一日拥杨荫榆女士攻入学校的三勇士之一；到现在，却又知道他还是一位达人了，庸人以为学潮的，到他眼睛里就等于"观剧"：这是何等逍遥自在。

据文章上说，这位李仲揆先生是和杨女士"不过见面两次"，但却被用电话邀去看"名振一时的文明新戏"去了，幸而李先生自有脚踏车，否则，还要用汽车来迎接哩。我真自恨福薄，一直活到现在，寿命已不可谓不长，而从没有遇见过一个不大认识的女士来邀"观剧"；对于女师大的事说了几句话，尚且因为不过是教一两点功课的讲师，"碰壁之后"，还很恭听了些高仁山[1]先生在《晨报》上所发表的伟论。真的，世界上实在又有各式各样的运气，各式各样的嘴，各式各样的眼睛。


接着又是西滢先生的《闲话》："现在一部分报纸的篇幅，几乎全让女师风潮占去了。现在大部分爱国运动的青年的时间，也几乎全让女师风潮占去了。……女师风潮实在是了不得的大事情，实在有了不得的大意义。"临末还有颇为俏皮的结论道："外国人说，中国人是重男轻女的。我看不见得吧。"

我看也未必一定"见得"。正如人们有各式各样的眼睛一样，也有各式各样的心思，手段。便是外国人的尊重一切女性的

---

1 高仁山（1894—1928），江苏江阴人，当时任北京大学教育系教授。后被奉系军阀杀害。

事，倘使好讲冷话的人说起来，也许以为意在于一个女性。然而侮蔑若干女性的事，有时也就可以说意在于一个女性。偏执的弗罗特[1]先生宣传了"精神分析"之后，许多正人君子的外套都被撕碎了。但撕下了正人君子的外套的也不一定就是"小人"，只要并非自以为还钻在外套里的不显本相的脚色。

我看也未必一定"见得"。中国人是"圣之时者也"教徒，况且活在二十世纪了，有华道理，有洋道理，轻重当然是都随意而无不合于道的：重男轻女也行，重女轻男也行，为了一个女性而重一切女性或轻若干女性也行，为了一个男人而轻若干女性或男性也行……。所可惜的是自从西滢先生看出底细之后，除了哑吧或半阴阳，就都坠入弗罗特先生所掘的陷坑里去了。

自己坠下去的是自作自受，可恨者乃是还要带累超然似的局外人。例如女师大——对不起，又是女师大——风潮，从有些眼睛看来，原是不值得提起的，但因为竟占去了许多可贵的东西，如"报纸的篇幅""青年的时间"之类，所以，连《现代评论》的"篇幅"和西滢先生的时间也被拖累着占去一点了，而尤其罪大恶极的是触犯了什么"重男轻女"重女轻男这些大秘密。

---

1 弗罗特，通译弗洛伊德。

倘不是西滢先生首先想到，提出，大概是要被含胡过去了的。

我看，奥国的学者实在有些偏激，弗罗特就是其一，他的分析精神，竟一律看待，不让谁站在超人间的上帝的地位上。还有那短命的Otto Weininger[1]，他的痛骂女人，不但不管她是校长，学生，同乡，亲戚，爱人，自己的太太，太太的同乡，简直连自己的妈都骂在内。这实在和弗罗特说一样，都使人难于利用。不知道咱们的教授或学者们，可有方法补救没有？但是，我要先报告一个好消息：Weininger早用手枪自杀了。这已经有刘百昭[2]率领打手痛打女师大——对不起，又是女师大——的"毛丫头"一般"痛快"，他的话也就大可置之不理了罢。

还有一个好消息。"毛丫头"打出之后，张崧年[3]先生引"罗素之所信"道，"因世人之愚，许多问题或终于不免只有武力可以解决也！"（《京副》二五〇号）又据杨荫榆女士章士钊总长者流之所说，则捣乱的"毛丫头"是极少数，可见中国的聪明人还多着哩，这是大可以乐观的。

---

1 Otto Weininger，华宁该尔（1880—1903），奥地利哲学家。
2 刘百昭（1893—？），字可亭，湖南武冈人，当时任教育部专门教育司司长兼北京艺术专门学校校长。
3 张崧年（1893—1986），河北献县人，当时教育部的编译员。

忽而想谈谈我自己的事了。

我今年已经有两次被封为"学者"，而发表之后，也就即刻取消。第一次是我主张中国的青年应当多看外国书，少看，或者竟不看中国书的时候，便有论客以为素称学者的鲁迅不该如此，而现在竟至如此，则不但决非学者，而且还有洋奴的嫌疑。第二次就是这回佥事免职之后，我在《莽原》上发表了答KS君信，论及章士钊的脚色和文章的时候，又有论客以为因失了"区区佥事"而反对章士钊，确是气量狭小，没有"学者的态度"；而且，岂但没有"学者的态度"而已哉，还有"人格卑污"的嫌疑云。

其实，没有"学者的态度"，那就不是学者喽，而有些人偏要硬派我做学者。至于何时封赠，何时考定，却连我自己也一点不知道。待到他们在报上说出我是学者，我自己也借此知道了原来我是学者的时候，则已经同时发表了我的罪状，接着就将这体面名称革掉了，虽然总该还要恢复，以便第三次的借口。

据我想来，佥事——文士诗人往往误作签事，今据官书正定——这一个官儿倒也并不算怎样"区区"，只要看我免职之后，就颇有些人在那里钻谋补缺，便是一个老大的证据。至于又有些人以为无足重轻者，大约自己现在还不过做几句"说不出"

的诗文，所以不知不觉地就来"慷他人之慨"了罢，因为人的将来是想不到的。然而，惭愧我还不是"臣罪当诛兮天王圣明"式的理想奴才，所以竟不能"尽如人意"，已经在平政院对章士钊提起诉讼了。

提起诉讼之后，我只在答KS君信里论及一回章士钊，但听说已经要"人格卑污"了。然而别一论客却道是并不大骂，所以鲁迅究竟不足取。我所经验的事委实有点希奇，每有"碰壁"一类的事故，平时回护我的大抵愿我设法应付，甚至于暂图苟全。平时憎恶我的却总希望我做一个完人，即使敌手用了卑劣的流言和阴谋，也应该正襟危坐，毫无愤怨，默默地吃苦；或则戟指嚼舌，喷血而亡。为什么呢？自然是专为顾全我的人格起见喽。

够了，我其实又何尝"碰壁"，至多也不过遇见了"鬼打墙"罢了。

九月十五日。

（最初发表于1925年9月21日《语丝》周刊第四十五期）

# 并非闲话（二）

　　向来听说中国人具有大国民的大度，现在看看，也未必然。但是我们要说得好，那么，就说好清净，有志气罢。所以总愿意自己是第一，是唯一，不爱见别的东西共存。行了几年白话，弄古文的人们讨厌了；做了一点新诗，吟古诗的人们憎恶了；做了几首小诗，做长诗的人们生气了；出了几种定期刊物，连别的出定期刊物的人们也来诅咒了：太多，太坏，只好做将来被淘汰的资料。

　　中国有些地方还在"溺女"，就因为豫料她们将来总是没出息的。可惜下手的人们总没有好眼力，否则并以施之男孩，可以减少许多单会消耗食粮的废料。

　　但是，歌颂"淘汰"别人的人也应该先行自省，看可有怎样不灭的东西在里面，否则，即使不肯自杀，似乎至少也得自己打几个嘴巴。然而人是总是自以为是的，这也许正是逃避被淘汰的一条路。相传曾经有一个人，一向就以"万物不得其所"为宗旨的，平生只有一个大愿，就是愿中国人都死完，但要留下他自己，还有一个女人和一个卖食物的。现在不知道他怎样，久没有听到消息了，那默默无闻的原因，或者就因为中国人还没有死完的缘故罢。

据说，张歆海[1]先生看见两个美国兵打了中国的车夫和巡警，于是三四十个人，后来就有百余人，都跟在他们后面喊"打！打！"，美国兵却终于安然的走到东交民巷口了，还回头"笑着嚷道：'来呀！来呀！'说也奇怪，这喊打的百余人不到两分钟便居然没有影踪了！"

西滢先生于是在《闲话》中斥之曰："打！打！宣战！宣战！这样的中国人，呸！"

这样的中国人真应该受"呸！"他们为什么不打的呢，虽然打了也许又有人来说是"拳匪"[2]。但人们那里顾忌得许多，终于不打，"怯"是无疑的。他们所有的不是拳头么？

但不知道他们可曾等候美国兵走进了东交民巷之后，远远地吐了唾沫？《现代评论》上没有记载，或者虽然"怯"，还不

---

1 张歆海（1898—1972），浙江海盐人，早年留学美国，曾任华盛顿会议中国代表团随员，当时是清华大学英文教授。
2 "拳匪"，旧时对义和团的蔑称。

至于"卑劣"到那样罢。

然而美国兵终于走进东交民巷口了，毫无损伤，还笑嚷着"来呀来呀"哩！你们还不怕么？你们还敢说"打！打！宣战！宣战！"么？这百余人，就证明着中国人该被打而不作声！

"这样的中国人，呸！呸！！！"

更可悲观的是现在"造谣者的卑鄙龌龊更远过于章炳麟"，真如《闲话》所说，而且只能"匿名的在报上放一两枝冷箭"。而且如果"你代被群众专制所压迫者说了几句公平话，那么你不是与那人有'密切的关系'，便是吃了他或她的酒饭。在这样的社会里，一个报不顾利害的专论是非，自然免不了诽谤丛生，谣诼蜂起。"这确是近来的实情。即如女师大风潮，西滢先生就听到关于我们的"流言"，而我竟不知道是怎样的"流言"，是那几个"卑鄙龌龊更远过于章炳麟"者所造。还有女生的罪状，已见于章士钊的呈文，而那些作为根据的"流言"，也不知道是那几个"卑鄙龌龊"且至于远不如畜类者所造。但是学生却都被打出了，其时还有人在酒席上得意。——但这自然也是"谣诼"。

可是我倒也并不很以"流言"为奇，如果要造，就听凭他们去造去。好在中国现在还不到"群众专制"的时候，即使有几十个人，只要"无权势"者[1]叫一大群警察，雇些女流氓，一打，就打散了，正无须乎我来为"被压迫者"说什么"公平话"。即使说，人们也未必尽相信，因为"在这样的社会里"，有些"公平话"总还不免是"他或她的酒饭"填出来的。不过事过境迁，"酒饭"已经消化，吸收，只剩下似乎毫无缘故的"公平话"罢了。倘使连酒饭也失了效力，我想，中国也还要光明些。

但是，这也不足为奇的。不是上帝，那里能够超然世外，真下公平的批评。人自以为"公平"的时候，就已经有些醉意了。世间都以"党同伐异"为非，可是谁也不做"党异伐同"的事。现在，除了疯子，倘使有谁要来接吻，人大约总不至于倒给她一个嘴巴的罢。

九月十九日。

（最初发表于1925年9月25日《猛进》周刊第三十期）

---

1 "无权势"者，指章士钊。

# 十四年的"读经"

　　自从章士钊主张读经以来，论坛上又很出现了一些论议，如谓经不必尊，读经乃是开倒车之类。我以为这都是多事的，因为民国十四年的"读经"，也如民国前四年，四年，或将来的二十四年一样，主张者的意思，大抵并不如反对者所想像的那么一回事。

　　尊孔，崇儒，专经，复古，由来已经很久了。皇帝和大臣们，向来总要取其一端，或者"以孝治天下"，或者"以忠诏天下"，而且又"以贞节励天下"。但是，二十四史不现在么？其中有多少孝子，忠臣，节妇和烈女？自然，或者是多到历史上装不下去了；那么，去翻专夸本地人物的府县志书去。我可以说，可惜男的孝子和忠臣也不多的，只有节烈的妇女的名册却大抵有一大卷以至几卷。孔子之徒的经，真不知读到那里去了；倒是不识字的妇女们能实践。还有，欧战时候的参战，我们不是常常自负的么？但可曾用《论语》感化过德国兵，用《易经》咒翻了潜

131

水艇呢？儒者们引为劳绩的，倒是那大抵目不识丁的华工[1]！

所以要中国好，或者倒不如不识字罢，一识字，就有近乎读经的病根了。"瞰亡往拜""出疆载质"的最巧玩艺儿，经上都有，我读熟过的。只有几个胡涂透顶的笨牛，真会诚心诚意地来主张读经。而且这样的脚色，也不消和他们讨论。他们虽说什么经，什么古，实在不过是空嚷嚷。问他们经可是要读到像颜回，子思，孟轲，朱熹，秦桧（他是状元），王守仁，徐世昌，曹锟；古可是要复到像清（即所谓"本朝"[2]），元，金，唐，汉，禹汤文武周公，无怀氏，葛天氏？他们其实都没有定见。他们也知不清颜回以至曹锟为人怎样，"本朝"以至葛天氏情形如何；不过像苍蝇们失掉了垃圾堆，自不免嗡嗡地叫。况且既然是诚心诚意主张读经的笨牛，则决无钻营，取巧，献媚的手段可知，一定不会阔气；他的主张，自然也决不会发生什么效力的。

至于现在的能以他的主张，引起若干议论的，则大概是阔人。阔人决不是笨牛，否则，他早已伏处牖下，老死田间了。现在岂不是正值"人心不古"的时候么？则其所以得阔之道，居然可知。他们的主张，其实并非那些笨牛一般的真主张，是所谓别有用意；

---

1 华工，指第一次世界大战期间被当时的中国政府派去支援协约国的中国劳工。
2 "本朝"，辛亥革命后，一般遗老仍称前清为"本朝"。

反对者们以为他真相信读经可以救国，真是"谬以千里"了！

我总相信现在的阔人都是聪明人；反过来说，就是倘使老实，必不能阔是也。至于所挂的招牌是佛学，是孔道，那倒没有什么关系。总而言之，是读经已经读过了，很悟到一点玩意儿，这种玩意儿，是孔二先生的先生老聃的大著作里就有的，此后的书本子里还随时可得。所以他们都比不识字的节妇，烈女，华工聪明；甚而至于比真要读经的笨牛还聪明。何也？曰："学而优则仕"故也。倘若"学"而不"优"，则以笨牛没世，其读经的主张，也不为世间所知。

孔子岂不是"圣之时者也"么，而况"之徒"呢？现在是主张"读经"的时候了。武则天做皇帝，谁敢说"男尊女卑"？多数主义¹虽然现称过激派，如果在列宁治下，则共产之合于葛天氏，一定可以考据出来的。但幸而现在英国和日本的力量还不弱，所以，主张亲俄者，是被卢布换去了良心。

我看不见读经之徒的良心怎样，但我觉得他们大抵是聪明人，而这聪明，就是从读经和古文得来的。我们这曾经文明过而后来奉迎过蒙古人满洲人大驾了的国度里，古书实在太多，倘不是笨

---

1 多数主义，指俄国布尔什维克主义。

牛，读一点就可以知道，怎样敷衍，偷生，献媚，弄权，自私，然而能够假借大义，窃取美名。再进一步，并可以悟出中国人是健忘的，无论怎样言行不符，名实不副，前后矛盾，撒谎造谣，蝇营狗苟，都不要紧，经过若干时候，自然被忘得干干净净；只要留下一点卫道模样的文字，将来仍不失为"正人君子"。况且即使将来没有"正人君子"之称，于目下的实利又何损哉？

这一类的主张读经者，是明知道读经不足以救国的，也不希望人们都读成他自己那样的；但是，耍些把戏，将人们作笨牛看则有之，"读经"不过是这一回耍把戏偶尔用到的工具。抗议的诸公倘若不明乎此，还要正经老实地来评道理，谈利害，那我可不再客气，也要将你们归入诚心诚意主张读经的笨牛类里去了。

以这样文不对题的话来解释"俨乎其然"的主张，我自己也知道有不恭之嫌，然而我又自信我的话，因为我也是从"读经"得来的。我几乎读过十三经。

衰老的国度大概就免不了这类现象。这正如人体一样，年事老了，废料愈积愈多，组织间又沉积下矿质，使组织变硬，易就于灭亡。一面，则原是养卫人体的游走细胞（Wanderzelle）渐次变性，只顾自己，只要组织间有小洞，它便钻，蚕食各组织，使组织耗损，易就于灭亡。俄国有名的医学者梅契尼珂夫[1]（Elias Metschnikov）特地给他别立了一个名目：大嚼细胞（Fresserzelle）。据说，必须扑灭了这些，人体才免于老衰；要扑灭这些，则须每日服用一种酸性剂。他自己就实行着。

古国的灭亡，就因为大部分的组织被太多的古习惯教养得硬化了，不再能够转移，来适应新环境。若干分子又被太多的坏经验教养得聪明了，于是变性，知道在硬化的社会里，不妨妄行。单是妄行的是可与论议的，故意妄行的却无须再与谈理。惟一的疗救，是在另开药方：酸性剂，或者简直是强酸剂。

不提防临末又提到了一个俄国人，怕又有人要疑心我收到卢布了罢。我现在郑重声明：我没有收过一张纸卢布。因为俄国还未赤化之前，他已经死掉了，是生了别的急病，和他那正在实验的药的有效与否这问题无干。

十一月十八日。

（最初发表于1925年11月27日《猛进》周刊第三十九期）

---

1 梅契尼珂夫（И. И. Мечников，1845—1916），俄国生物学家，免疫学的创始人之一。

# 评心雕龙

甲　A-a-a-ch[1]！

乙　你搬到外国去！并且带了你的家眷！你可是黄帝子孙？中国话里叹声尽多，你为什么要说洋话？敝人是不怕的，敢说：要你搬到外国去！

丙　他是在骂中国，奚落中国人，替某国间接宣传咱们中国的坏处。他的表兄的侄子的太太就是某国人。

丁　中国话里这样的叹声倒也有的，他不过是自然地喊。但这就证明了他是一个死尸！现在应该用表现法；除了表现地喊，一切声音都不算声音。这"A-a-a"倒也有一点成功了，但那"ch"就没有味。——自然，我的话也许是错的；但至少我今天相信我的话并不错。

---

1 A-a-a-ch，即 Ach，德语感叹词，读如"啊喝"。

戊　那么，就须说"嗟"，用这样"引车卖浆者流"的话，是要使自己的身分成为下等的。况且现在正要读经了……。

己　胡说！说"唉"也行。但可恨他竟说过好几回，将"唉"都"垄断"了去，使我们没有来说的余地了。

庚　日"唉"乎？予蔑闻之。何也？噫嘻呜呢为之障也。

辛　然哉！故予素主张而文言者也。

壬　嗟夫！余曩者之曾为白话，盖痰迷心窍者也，而今悔之矣。

癸　他说"吓"么？这是人格已经破产了！我本就看不起他，正如他的看不起我。现在因为受了庚先生几句抢白，便"吓"起来；非人格破产是甚么？我并非赞成庚先生，我也批评过他的。可是他不配"吓"庚先生。我就是爱说公道话。

子　但他是说"嗳"。

丑　你是他一党！否则，何以替他来辩？我们是青年，我们就有这个脾气，心爱吹毛求疵。他说"吓"或说"嗳"，我固然没有听到；但即使他说的真是"嗳"，又何损于癸君的批评的价值呢。可是你既然是他的一党，那么，你就也人格破产了！

寅　不要破口就骂。满口谩骂，不成其为批评，Gentleman决不如此。至于说批评全不能骂，那也不然。应该估定他的错处，给以相当的骂，像塾师打学生的手心一样，要公平。骂人，自然也许要得到回报的，可是我们也须有这一点不怕事的胆量：批评本来是"精神的冒险"呀！

卯　这确是一条熹微翠朴的硬汉！王九妈妈的峻嶒小提囊，杜鹃叫道"行不得也哥哥"儿。翰然"哀哈"之蓝缕的蒺藜，劣马样儿。这口风一滑溜，凡有绯刚的评论都要逼得翘辫儿了。

辰　并不是这么一回事。他是窃取着外国人的声音，翻译着。喂！你为什么不去创作？

巳　那么，他就犯了罪了！研究起来，字典上只有"Ach"，没有什么"A-a-a-ch"。我实在料不到他竟这样杜撰。所以我说：你们都得买一本字典，坐在书房里看看，这才免得为这类脚色所欺。

午　他不再往下说，他的话流产了。

未　夫今之青年何其多流产也，岂非因为急于出风头之故么？所以我奉劝今之青年，安分守己，切莫动弹，庶几可以免于流产，……

申　夫今之青年何其多误译也，还不是因为不买字典之故么？且夫……

酉　这实在"唉"得不行！中国之所以这样"世风日下"，

138

就是他说了"唉"的缘故。但是诸位在这里,我不妨明说,三十年前,我也曾经"唉"过的,我何尝是木石,我实在是开风气之先。后来我觉得流弊太多了,便绝口不谈此事,并且深恶而痛绝之。并且到了今年,深悟读经之可以救国,并且深信白话文之应该废除。但是我并不说中国应该守旧……。

戌　我也并且到了今年,深信读经之可以救国……。

亥　并且深信白话文之应当废除……。

十一月十八日。

(最初发表于1925年11月27日《莽原》周刊第三十二期)

# 这个与那个

## 一 读经与读史

一个阔人[1]说要读经，嗡的一阵一群狭人也说要读经。岂但"读"而已矣哉，据说还可以"救国"哩。"学而时习之，不亦说乎？"那也许是确凿的罢，然而甲午战败了，——为什么独独要说"甲午"呢，是因为其时还在开学校，废读经以前。

我以为伏案还未功深的朋友，现在正不必埋头来哼线装书。倘其咿唔日久，对于旧书有些上瘾了，那么，倒不如去读史，尤其是宋朝明朝史，而且尤须是野史；或者看杂说。

现在中西的学者们，几乎一听到"钦定四库全书"这名目就魂不附体，膝弯总要软下来似的。其实呢，书的原式是改变了，错字是加添了，甚至于连文章都删改了，最便当的是《琳琅秘室丛书》中的两种《茅亭客话》，一是宋本，一是四

---

1 一个阔人，指章士钊。

库本，一比较就知道。"官修"而加以"钦定"的正史也一样，不但本纪咧，列传咧，要摆"史架子"；里面也不敢说什么。据说，字里行间是也含着什么褒贬的，但谁有这么多的心眼儿来猜闷壶卢。至今还道"将平生事迹宣付国史馆立传"，还是算了罢。

野史和杂说自然也免不了有讹传，挟恩怨，但看往事却可以较分明，因为它究竟不像正史那样地装腔作势。看宋事，《三朝北盟汇编》已经变成古董，太贵了，新排印的《宋人说部丛书》却还便宜。明事呢，《野获编》原也好，但也化为古董了，每部数十元；易于入手的是《明季南北略》，《明季稗史汇编》，以及新近集印的《痛史》。

史书本来是过去的陈帐簿，和急进的猛士不相干。但先前说过，倘若还不能忘情于咿唔，倒也可以翻翻，知道我们现在的情形，和那时的何其神似，而现在的昏妄举动，胡涂思想，那时也早已有过，并且都闹糟了。

试到中央公园去，大概总可以遇见祖母带着她孙女儿在玩的。这位祖母的模样，就预示着那娃儿的将来。所以倘有谁要预知令夫人后日的丰姿，也只要看丈母。不同是当然要有些不同的，但总归相去不远。我们查帐的用处就在此。

但我并不说古来如此，现在遂无可为，劝人们对于"过去"生敬畏心，以为它已经铸定了我们的运命。Le Bon[1]先生说，死人之力比生人大，诚然也有一理的，然而人类究竟进化着。又据章士钊总长说，则美国的什么地方已在禁讲进化论了，这实在是吓死我也，然而禁只管禁，进却总要进的。

　　总之：读史，就愈可以觉悟中国改革之不可缓了。虽是国民性，要改革也得改革，否则，杂史杂说上所写的就是前车。一改革，就无须怕孙女儿总要像点祖母那些事，譬如祖母的脚是三角形，步履维艰的，小姑娘的却是天足，能飞跑；丈母老太太出过天花，脸上有些缺点的，令夫人却种的是牛痘，所以细皮白肉：这也就大差其远了。

十二月八日。

## 二　捧与挖

　　中国的人们，遇见带有会使自己不安的朕兆的人物，向来就用两样法：将他压下去，或者将他捧起来。

　　压下去就用旧习惯和旧道德，或者凭官力，所以孤独的精

---

1 Le Bon，勒朋（1841—1931），法国社会心理学家。

神的战士，虽然为民众战斗，却往往反为这"所为"而灭亡。到这样，他们这才安心了。压不下时，则于是乎捧，以为抬之使高，餍之使足，便可以于己稍稍无害，得以安心。

伶俐的人们，自然也有谋利而捧的，如捧阔老，捧戏子，捧总长之类；但在一般粗人，——就是未尝"读经"的，则凡有捧的行为的"动机"，大概是不过想免害。即以所奉祀的神道而论，也大抵是凶恶的，火神瘟神不待言，连财神也是蛇呀刺蝟呀似的骇人的畜类；观音菩萨倒还可爱，然而那是从印度输入的，并非我们的"国粹"。要而言之：凡是被捧者，十之九不是好东西。

既然十之九不是好东西，则被捧而后，那结果便自然和捧者的希望适得其反了。不但能使不安，还能使他们很不安，因为人心本来不易餍足。然而人们终于至今没有悟，还以捧为苟安之一道。

记得有一部讲笑话的书，名目忘记了，也许是《笑林广记》罢，说，当一个知县的寿辰，因为他是子年生，属鼠的，属员们便集资铸了一个金老鼠去作贺礼。知县收受之后，另寻了机会对大众说道：明年又恰巧是贱内的整寿；她比我小一岁，是属牛的。其实，如果大家先不送金老鼠，他决不敢想金牛。

一送开手，可就难于收拾了，无论金牛无力致送，即使送了，怕他的姨太太也会属象。象不在十二生肖之内，似乎不近情理罢，但这是我替他设想的法子罢了，知县当然别有我们所莫测高深的妙法在。

民元革命[1]时候，我在S城[2]，来了一个都督[3]。他虽然也出身绿林大学，未尝"读经"（？），但倒是还算顾大局，听舆论的，可是自绅士以至于庶民，又用了祖传的捧法群起而捧之了。这个拜会，那个恭维，今天送衣料，明天送翅席，捧得他连自己也忘其所以，结果是渐渐变成老官僚一样，动手刮地皮。

最奇怪的是北几省的河道，竟捧得河身比屋顶高得多了。当初自然是防其溃决，所以壅上一点土；殊不料愈壅愈高，一旦溃决，那祸害就更大。于是就"抢堤"咧，"护堤"咧，"严防决堤"咧，花色繁多，大家吃苦。如果当初见河水泛滥，不去增堤，却去挖底，我以为决不至于这样。

有贪图金牛者，不但金老鼠，便是死老鼠也不给。那么，

---

1 民元革命，即辛亥革命。
2 S城，指绍兴。
3 都督，指王金发（1883—1915），浙江嵊县（今嵊州）人，中国民主革命者。

此辈也就连生日都未必做了。单是省却拜寿，已经是一件大快事。

中国人的自讨苦吃的根苗在于捧，"自求多福"之道却在于挖。其实，劳力之量是差不多的，但从惰性太多的人们看来，却以为还是捧省力。

十二月十日。

## 三 最先与最后

《韩非子》说赛马的妙法，在于"不为最先，不耻最后"。这虽是从我们这样外行的人看起来，也觉得很有理。因为假若一开首便拚命奔驰，则马力易竭。但那第一句是只适用于赛马的，不幸中国人却奉为人的处世金鍼了。

中国人不但"不为戎首"，"不为祸始"，甚至于"不为福先"。所以凡事都不容易有改革；前驱和闯将，大抵是谁也怕得做。然而人性岂真能如道家所说的那样恬淡；欲得的却多。既然不敢径取，就只好用阴谋和手段。以此，人们也就日见其卑怯了，既是"不为最先"，自然也不敢"不耻最后"，所以虽是一大堆群众，略见危机，便"纷纷作鸟兽散"了。如果偶有几个不肯退转，因而受害的，公论家便异口同声，称之曰傻子。对于

"锲而不舍"的人们也一样。

我有时也偶尔去看看学校的运动会。这种竞争，本来不像两敌国的开战，挟有仇隙的，然而也会因了竞争而骂，或者竟打起来。但这些事又作别论。竞走的时候，大抵是最快的三四个人一到决胜点，其余的便松懈了，有几个还至于失了跑完豫定的圈数的勇气，中途挤入看客的群集中；或者伴为跌倒，使红十字队用担架将他抬走。假若偶有虽然落后，却尽跑，尽跑的人，大家就嗤笑他。大概是因为他太不聪明，"不耻最后"的缘故罢。

所以中国一向就少有失败的英雄，少有韧性的反抗，少有敢单身鏖战的武人，少有敢抚哭叛徒的吊客；见胜兆则纷纷聚集，见败兆则纷纷逃亡。战具比我们精利的欧美人，战具未必比我们精利的匈奴蒙古满洲人，都如入无人之境。"土崩瓦解"这四个字，真是形容得有自知之明。

多有"不耻最后"的人的民族，无论什么事，怕总不会一下子就"土崩瓦解"的，我每看运动会时，常常这样想：优胜者固然可敬，但那虽然落后而仍非跑至终点不止的竞技者，和见了这样竞技者而肃然不笑的看客，乃正是中国将来的脊梁。

## 四　流产与断种

近来对于青年的创作，忽然降下一个"流产"的恶谥，哄然应和的就有一大群。我现在相信，发明这话的是没有什么恶意的，不过偶尔说一说；应和的也是情有可原的，因为世事本来大概就这样。

我独不解中国人何以于旧状况那么心平气和，于较新的机运就这么疾首蹙额；于已成之局那么委曲求全，于初兴之事就这么求全责备？

智识高超而眼光远大的先生们开导我们：生下来的倘不是圣贤，豪杰，天才，就不要生；写出来的倘不是不朽之作，就不要写；改革的事倘不是一下子就变成极乐世界，或者，至少能给我（！）有更多的好处，就万万不要动！……

那么，他是保守派么？据说：并不然的。他正是革命家。惟独他有公平，正当，稳健，圆满，平和，毫无流弊的改革法；现下正在研究室里研究着哩，——只是还没有研究好。

什么时候研究好呢？答曰：没有准儿。

孩子初学步的第一步，在成人看来，的确是幼稚，危险，不成样子，或者简直是可笑的。但无论怎样的愚妇人，却总以恳切的希望的心，看他跨出这第一步去，决不会因为他的走法幼稚，怕要阻碍阔人的路线而"逼死"他；也决不至于将他禁在床上，使他躺着研究到能够飞跑时再下地。因为她知道：假如这么办，即使长到一百岁也还是不会走路的。

古来就这样，所谓读书人，对于后起者却反而专用彰明较著的或改头换面的禁锢。近来自然客气些，有谁出来，大抵会遇见学士文人们挡驾：且住，请坐。接着是谈道理了：调查，研究，推敲，修养，……结果是老死在原地方。否则，便得到"捣乱"的称号。我也曾有如现在的青年一样，向已死和未死的导师们问过应走的路。他们都说：不可向东，或西，或南，或北。但不说应该向东，或西，或南，或北。我终于发见他们心底里的蕴蓄了：不过是一个"不走"而已。

坐着而等待平安，等待前进，倘能，那自然是很好的，但可虑的是老死而所等待的却终于不至；不生育，不流产而等待一个英伟的宁馨儿[1]，那自然也很可喜的，但可虑的是终于什么也没有。

倘以为与其所得的不是出类拔萃的婴儿，不如断种，那就

---

1 宁馨儿，意为这样的孩子。

无话可说。但如果我们永远要听见人类的足音，则我以为流产究竟比不生产还有望，因为这已经明明白白地证明着能够生产的了。

十二月二十日。

（最初分三次发表于1925年12月10日、12日、22日
北京《国民新报副刊》）

# 并非闲话（三）

西滢先生这回是义形于色，在《现代评论》四十八期的《闲话》里很为被书贾擅自选印作品，因而受了物质上损害的作者抱不平。而且贱名也忝列于作者之列：惶恐透了。吃饭之后，写一点自己的所感罢。至于捏笔的"动机"，那可大概是"不纯洁"的。记得幼小时候住在故乡，每看见绅士将一点骗人的自以为所谓恩惠，颁给下等人，而下等人不大感谢时，则斥之曰"不识抬举！"我的父祖是读书的，总该可以算得士流了，但不幸从我起，不知怎的就有了下等脾气，不但恩惠，连吊慰都不很愿意受，老实说罢：我总疑心是假的。这种疑心，大约就是"不识抬举"的根苗，或者还要使写出来的东西"不纯洁"。

我何尝有什么白刃在前，烈火在后，还是钉住书桌，非写不可的"创作冲动"；虽然明知道这种冲动是纯洁，高尚，可贵的，然而其如没有何。前几天早晨，被一个朋友怒视了两眼，倒觉得脸有点热，心有点酸，颇近乎有什么冲动了，但后来被深秋的寒风一吹拂，脸上的温度便复原，——没有创作。至于已经印过的那些，那是被挤出来的。这"挤"字是挤牛乳之"挤"；这"挤牛乳"是专来说明"挤"字的，并非故意将我的作品比作牛乳，希冀装在玻璃瓶里，送进什么"艺术之宫"。倘用现在突然流行起来了的论调，将青年的急于发表未熟的作品称为"流产"，则我的便是"打胎"；或者简直不是胎，是狸猫充太子。所以一写完，便完事，管他妈的，书贾怎么偷，文士怎么说，都不再来提心吊胆。但是，如果有我所相信的人愿意看，称赞好，我终于是欢喜的。后来也集印了，为的是还想卖几文钱，老实说。

那么，我在写的时候没有虔敬的心么？答曰：有罢。即使没有这种冠冕堂皇的心，也决不故意要些油腔滑调。被挤着，还能嬉皮笑脸，游戏三昧[1]么？倘能，那简直是神仙了。我并没有在吕纯阳[2]祖师门下投诚过。

但写出以后，却也不很爱惜羽毛，有所谓"敝帚自珍"的意思，因为，已经说过，其时已经是"便完事，管他妈的"了。谁有心肠来管这些无聊的后事呢？所以虽然有什么选家在那里放出

---

1 游戏三昧，佛家语，这里是无挂无碍、心神平静的意思。
2 吕纯阳，即吕洞宾。

他那伟大的眼光，选印我的作品，我也照例给他一个不管。其实，要管也无从管起的。我曾经替人代理过一回收版税的译本，打听得卖完之后，向书店去要钱，回信却道，旧经理人已经辞职回家了，你向他要去罢；我们可是不知道。这书店在上海，我怎能趁了火车去向他坐索，或者打官司？但我对于这等选本，私心却也有"窃以为不然"的几点，一是原本上的错字，虽然一见就明知道是错的，他也照样错下去；二是他们每要发几句伟论，例如什么主义咧，什么意思咧之类，大抵是我自己倒觉得并不这样的事。自然，批评是"精神底冒险"，批评家的精神总比作者会先一步的，但在他们的所谓死尸上，我却分明听到心搏，这真是到死也说不到一块儿。此外，倒也没有什么大怨气了。

这虽然似乎是东方文明式的大度，但其实倒怕是因为我不靠卖文营生。在中国，骈文寿序的定价往往还是每篇一百两，然而白话不值钱；翻译呢，听说是自己不能创作而嫉妒别人去创作的坏心肠人所提倡的，将来文坛一进步，当然更要一文不值。我所写出来的东西，当初虽然很碰过许多大钉子，现在的时价是每千字一至二三元，但是不很有这样好主顾，常常只好尽些不知何自而来的义务。有些人以为我不但用了这些稿费或版税造屋，买米，而且还靠它吸烟卷，吃果糖。殊不知那些款子是另外

骗来的；我实在不很擅长于先装鬼脸去吓书坊老板，然后和他接
洽。我想，中国最不值钱的是工人的体力了，其次是咱们的所谓
文章，只有伶俐最值钱。倘真要直直落落，借文字谋生，则据我
的经验，卖来卖去，来回至少一个月，多则一年余，待款子寄到
时，作者不但已经饿死，倘在夏天，连筋肉也都烂尽了，那里还
有吃饭的肚子。

所以我总用别的道儿谋生；至于所谓文章也者，不挤，便
不做。挤了才有，则和什么高超的"烟士披离纯"[1]呀，"创作感
兴"呀之类不大有关系，也就可想而知。倘说我假如不必用别的
道儿谋生，则心志一专，就会有"烟士披离纯"等类，而产生较
伟大的作品，至少，也可以免于献出剥皮的狸猫罢，那可是也未
必。三家村的冬烘先生，一年到头，一早到夜教村童，不但毫不
"时时想政治活动"，简直并不很"干着种种无聊的事"，但是
他们似乎并没有《教育学概论》或"高头讲章"[2]的待定稿，藏
之名山。而马克思的《资本论》，陀思妥夫斯奇[3]的《罪与罚》等，

---

1 "烟士披离纯"，英语 Inspiration 的音译，意为灵感。
2 "高头讲章"，在经书正文上端留有较宽空白，刊印讲解文字，这些文字称为"高头
  讲章"。后来泛指这类格式的经书。
3 陀思妥夫斯奇，通译陀思妥耶夫斯基。

都不是啜末加[1]加啡，吸埃及烟卷之后所写的。除非章士钊总长治下的"有些天才"的编译馆人员，以及讨得官僚津贴或银行广告费的"大报"作者，于谋成事遂，睡足饭饱之余，三月炼字，半年锻句，将来会做出超伦轶群的古奥漂亮作品。总之，在我，是肚子一饱，应酬一少，便要心平气和，关起门来，什么也不写了；即使还写，也许不过是温暾之谈，两可之论，也即所谓执中之说，公允之言，其实等于不写而已。

所以上海的小书贾化作蚊子，吸我的一点血，自然是给我物质上的损害无疑，而我却还没有什么大怨气，因为我知道他们是蚊子，大家也都知道他们是蚊子。我一生中，给我大的损害的并非书贾，并非兵匪，更不是旗帜鲜明的小人：乃是所谓"流言"。即如今年，就有什么"鼓动学潮"呀，"谋做校长"呀，"打落门牙"呀这些话。有一回，竟连现在为我的著作权受损失抱不平的西滢先生也要相信了，也就在《现代评论》（第二十五期）的照例的《闲话》上发表出来；它的效力就可想。譬如一个女学生，与其被若干卑劣阴险的文人学士们暗地里散布些关于品行的谣言，倒不如被土匪抢去一条红围巾——物质。但这种"流

---

1 末加，通译穆哈，著名的咖啡产地。

言"，造的是一个人还是多数人？姓甚，名谁？我总是查不出；后来，因为没有多工夫，也就不再去查考了，仅为便于述说起见，就总称之曰畜生。

虽然分了类，但不幸这些畜生就杂在人们里，而一样是人头，实际上仍然无从辨别。所以我就多疑，不大要听人们的说话；又因为无话可说，自己也就不大愿意做文章。有时候，甚至于连真的义形于色的公话也会觉得古怪，珍奇，于是乎而下等脾气的"不识抬举"遂告成功，或者会终于不可救药。

平心想起来，所谓"选家"这一流人物，虽然因为容易联想到明季的制艺的选家[1]的缘故，似乎使人厌闻，但现在倒是应该有几个。这两三年来，无名作家何尝没有胜于较有名的作者的作品，只是谁也不去理会他，一任他自生自灭。去年，我曾向DF[2]先生提议过，以为该有人搜罗了各处的各种定期刊行物，仔细评量，选印几本小说集，来绍介于世间；至于已有专集者，则一概不收，"再拜而送之大门之外"。但这话也不过终于是空话，当时既无定局，后来也大家走散了。我又不能做这事业，因为我是偏心的。评是非时我总觉得我的熟人对，读作品是异己者的手腕

1 制艺的选家，明代以八股文（制艺）取士，选家应运而生。
2 DF，指郁达夫。

大概不高明。在我的心里似乎是没有所谓"公平"，在别人里我也没有看见过，然而还疑心什么地方也许有，因此就不敢做那两样东西了：法官，批评家。

现在还没有专门的选家时，这事批评家也做得，因为批评家的职务不但是剪除恶草，还得灌溉佳花，——佳花的苗。譬如菊花如果是佳花，则他的原种不过是黄色的细碎的野菊，俗名"满天星"的就是。但是，或者是文坛上真没有较好的作品之故罢，也许是一做批评家，眼界便极高卓，所以我只见到对于青年作家的迎头痛击，冷笑，抹杀，却很少见诱掖奖劝的意思的批评。有一种所谓"文士"而又似批评家的，则专是一个人的御前侍卫，托尔斯泰呀，托她斯泰呀，指东画西的，就只为一人做屏风。其甚者竟至于一面暗护此人，一面又中伤他人，却又不明明白白地举出姓名和实证来，但用了含沙射影的口气，使那人不知道说着自己，却又另用口头宣传以补笔墨所不及，使别人可以疑心到那人身上去。这不但对于文字，就是女人们的名誉，我今年也看见有用了这畜生道的方法来毁坏的。古人常说"鬼蜮技俩"，其实世间何尝真有鬼蜮，那所指点的，不过是这类东西罢了。这类东西当然不在话下，就是只做侍卫的，也不配评选一言半语，因为这种工作，做的人自以为不偏而其

实是偏的也可以，自以为公平而其实不公平也可以，但总不可
"别有用心"于其间的。

　　书贾也像别的商人一样，惟利是图；他的出版或发议论的
"动机"，谁也知道他"不纯洁"，决不至于和大学教授的来等
量齐观的。但他们除惟利是图之外，别的倒未必有什么用意，这
就是使我反而放心的地方。自然，倘是向来没有受过更奇特而阴
毒的暗箭的福人，那当然即此一点也要感到痛苦。

　　这也算一篇作品罢，但还是挤出来的，并非围炉煮茗时中
的闲话，临了，便回上去填作题目，纪实也。

十一月二十二日。

（最初发表于1925年12月7日《语丝》周刊第五十六期）

# 我观北大

因为北大学生会的紧急征发，我于是总得对于本校的二十七周年纪念来说几句话。

据一位教授[1]的名论，则"教一两点钟的讲师"是不配与闻校事的，而我正是教一点钟的讲师。但这些名论，只好请恕我置之不理；——如其不恕，那么，也就算了，人那里顾得这些事。

我向来也不专以北大教员自居，因为另外还与几个学校有关系。然而不知怎的，——也许是含有神妙的用意的罢，今年忽而颇有些人指我为北大派。我虽然不知道北大可真有特别的派，但也就以此自居了。北大派么？就是北大派！怎么样呢？

但是，有些流言家幸勿误会我的意思，以为谣我怎样，我便怎样的。我的办法也并不一律。譬如前次的游行，报上谣我被打落了两个门牙，我可决不肯具呈警厅，吁请补派军警，来将我

---

1 一位教授，指高仁山。

的门牙从新打落。我之照着谣言做去，是以专检自己所愿意者为限的。

我觉得北大也并不坏。如果真有所谓派，那么，被派进这派里去，也还是也就算了。理由在下面：

既然是二十七周年，则本校的萌芽，自然是发于前清的，但我并民国初年的情形也不知道。惟据近七八年的事实看来，第一，北大是常为新的，改进的运动的先锋，要使中国向着好的，往上的道路走。虽然很中了许多暗箭，背了许多谣言；教授和学生也都逐年地有些改换了，而那向上的精神还是始终一贯，不见得弛懈。自然，偶尔也免不了有些很想勒转马头的，可是这也无伤大体，"万众一心"，原不过是书本子上的冠冕话。

第二，北大是常与黑暗势力抗战的，即使只有自己。自从章士钊提了"整顿学风"的招牌来"作之师"，并且分送金款以来，北大却还是给他一个依照彭允彝[1]的待遇。现在章士钊虽然还伏在暗地里做总长，本相却已显露了；而北大的校格也就愈明白。那时固然也曾显出一角灰色，但其无伤大体，也和第一条所说相同。

---

1 彭允彝（1878－1943），字静仁，湖南湘潭人。

我不是公论家，有上帝一般决算功过的能力。仅据我所感得的说，则北大究竟还是活的，而且还在生长的。凡活的而且在生长者，总有着希望的前途。

　　今天所想到的就是这一点。但如果北大到二十八周年而仍不为章士钊者流所谋害，又要出纪念刊，我却要预先声明：不来多话了。一则，命题作文，实在苦不过；二则，说起来大约还是这些话。

十二月十三日。

　　　　　（最初发表于1925年12月17日《北大学生会周刊》创刊号）

# 碎话

如果只有自己，那是都可以的：今日之我与昨日之我战也好，今日这么说明日那么说也好。但最好是在自己的脑里想，在自己的宅子里说；或者和情人谈谈也不妨，横竖她总能以"阿呀"表示其佩服，而没有第三者与闻其事。只是，假使不自珍惜，陆续发表出来，以"领袖""正人君子"自居，而称这些为"思想"或"公论"之类，却难免有多少老实人遭殃。自然，凡有神妙的变迁，原是反足以见学者文人们进步之神速的；况且文坛上本来就"只许州官放火不准百姓点灯"，既不幸而为庸人，则给天才做一点牺牲，也正是应尽的义务。谁叫你不能研究或创作的呢？亦惟有活该吃苦而已矣！

然而，这是天才，或者是天才的奴才的崇论宏议。从庸人一方面看起来，却不免觉得此说虽合乎理而反乎情；因为"蝼蚁尚且贪生"，也还是古之明训。所以虽然是庸人，总还想活几天，乐一点。无奈爱管闲事是他们吃苦的根苗，坐在家里好好的，却偏要出来寻导师，听公论了。学者文人们正在一日千变地进步，大家跟在他后面；他走的是小弯，你走的是大弯，他在圆心里转，你却必得在圆周上转，汗流浃背而终于不知所以，那自然是不待数计龟卜而后知的。

什么事情都要干，干，干！那当然是名言，但是倘有傻子真去买了手枪，就必要深悔前非，更进而悟到救国必先求学。这当然也是名言，何用多说呢，就遵谕钻进研究室去。待到有一天，你发见了一颗新彗星，或者知道了刘歆并非刘向的儿子之后，跳出来救国时，先觉者可是"杳如黄鹤"了，寻来寻去，也许会在戏园子里发见。你不要再菲薄那"小东人嗯嗯！哪，唉唉唉！"罢：这是艺术。听说"人类不仅是理智的动物"，必须"种种方面有充分发达的人，才可以算完人"呀，学者之在戏园，乃是"在感情方面求种种的美"。"束发小生"变成先生，从研究室里钻出，救国的资格也许有一点了，却不料还是一个精神上种种方面没有充分发达的畸形物，真是可怜可怜。

那么，立刻看夜戏，去求种种的美去，怎么样？谁知道呢。也许学者已经出戏园，学说也跟着长进（俗称改变，非也）了。

叔本华先生以厌世名一时，近来中国的绅士们却独独赏识了他的《妇人论》。的确，他的骂女人虽然还合绅士们的脾胃，但别的话却实在很有些和我们不相宜的。即如《读书和书籍》那一篇里，就说，"我们读着的时候，别人却替我们想。我们不过反复了这人的心的过程。……然而本来底地说起来，则读书时，我们的脑已非自己的活动地。这是别人的思想的战场了。"但是我们的学者文人们却正需要这样的战场——未经老练的青年的脑髓。但也并非在这上面和别的强敌战斗，乃是今日之我打昨日之我，"道义"之手批"公理"之颊——说得俗一点：自己打嘴巴。作了这样的战场者，怎么还能明白是怎么一回事。

这一月来，不知怎的又有几个学者文人或批评家亡魂失魄了，仿佛他们在上月底才从娘胎钻出，毫不知道民国十四年十二月以前的事似的。女师大学生一归她们被占的本校，就有人引以为例，说张胡子或李胡子可以"派兵送一二百学生占据了二三千学生的北大"。如果这样，北大学生确应该群起而将女师大扑灭，以免张胡或李胡援例，确保母校的安全。但我记得北大刚举行过二十七周年纪念，那建立的历史，是并非由章士钊将张胡或李胡将要率领的二百学生拖出，然后改立北大，招生三千，以掩人耳目的。这样的比附，简直是在青年的脑上打滚。夏间，则也可以称为"挑剔风潮"。但也许批评界有时也是"只许州官放火不准百姓点灯"，正如天才之在文坛一样的。

学者文人们最好是有这样的一个特权，月月，时时，自己和自己战，——即自己打嘴巴。免得庸人不知，以常人为例，误以为连一点"闲话"也讲不清楚。

十二月二十二日。

（最初发表于1926年1月8日《猛进》周刊第四十四期）

# "公理"的把戏

自从去年春间，北京女子师范大学有了反对校长杨荫榆事件以来，于是而有该校长在太平湖饭店[1]请客之后，任意将学生自治会员六人除名的事；有引警察及打手蜂拥入校的事；迫教育总长章士钊复出，遂有非法解散学校的事；有司长刘百昭雇用流氓女丐殴曳学生出校，禁之补习所空屋中的事；有手忙脚乱，急挂女子大学招牌以掩天下耳目的事；有胡敦复[2]之趁火打劫，攫取女大校长饭碗，助章士钊欺罔世人的事。女师大的许多教职员，——我敢特地声明：并不是全体！——本极以章杨的措置为非，复痛学生之无辜受戮，无端失学，而校务维持会之组织，遂愈加严固。我先是该校的一个讲师，于黑暗残虐情形，多曾目睹；后是该会的一个委员，待到女师大在宗帽胡同自赁校舍，而

---

1 太平湖饭店，应为西安饭店。
2 胡敦复（1886－1978），江苏无锡人，早年留学美国，1912年创办上海大同大学并任校长。

章士钊尚且百端迫压的苦痛，也大抵亲历的。当章氏势焰熏天时，我也曾环顾这首善之区，寻求所谓"公理""道义"之类而不得；而现在突起之所谓"教育界名流"者，那时则鸦雀无声；甚且捧献肉麻透顶的呈文，以歌颂功德。但这一点，我自然也判不定是因为畏章氏有嗾使兵警痛打之威呢，还是贪图分润金款之利，抑或真以他为"公理"或"道义"等类的具象的化身？但是，从章氏逃走，女师大复校以后，所谓"公理"等件，我却忽而间接地从女子大学在撷英馆宴请"北京教育界名流及女大学生家长"的席上找到了。

据十二月十六日的《北京晚报》说，则有些"名流"即于十四日晚六时在那个撷英番菜馆开会。请吃饭的，去吃饭的，在中国一天不知道有多多少少，本不与我相干，虽然也令我记起杨荫榆也爱在太平湖饭店请人吃饭的旧事。但使我留心的是，从这饭局里产生了"教育界公理维持会"，从这会又变出"国立女子大学后援会"，从这会又发出"致国立各校教职员联席会议函"，声势浩大，据说是"而于该校附和暴徒，自堕人格之教职员，即不能投畀豺虎，亦宜屏诸席外，勿与为伍"云。他们之所谓"暴徒"，盖即刘百昭之所谓"土匪"，官僚名流，口吻如一，从局外人看来，不过煞是可笑而已。而我是女师大维持会员之一，又是女师大教员，人格所关，当然有抗议的权利。岂但抗议？"投虎""割席"，"名流"的熏灼之状，竟至于斯，则虽报以恶声，亦不为过。但也无须如此，只要看一看这些"名流"究竟是什么东西，就尽够了。报上和函上有名单：

除了万里鸣是太平湖饭店掌柜，以及董子鹤辈为我所不知道的不计外，陶昌善[1]是农大教务长，教长兼农大校长章士钊的替身；石志泉[2]是法大教务长；查良钊[3]是师大教务长；李顺卿[4]，王桐龄[5]是师大教授；萧友梅[6]是前女师大而今女大教员；蹇华芬是前女师大而今女大学生；马寅初[7]是北大讲师，又是中国银行的什么，也许是"总司库"，这些名目我记不清楚了；燕树棠[8]，

---

1 陶昌善（1879—？），浙江嘉兴人，曾留学日本，时任北京大学农学院教务长。

2 石志泉（1885—1960），湖北孝感人，曾留学日本，时任北京法政大学教务长。

3 查良钊（1897—1982），浙江海宁人，曾留学美国，时任北京师范大学教务长。

4 李顺卿（1894—1969），名干臣，字顺卿，山东海阳人，曾留学美国，时任北京师范大学教授、生物系主任。

5 王桐龄（1877—1953），河北任丘人，曾留学日本，时任北京师范大学历史系教授。

6 萧友梅（1884—1940），广东中山人，曾留学日本、德国，时任北京女子大学教授。

7 马寅初（1882—1982），浙江嵊县（今嵊州）人，曾留学美国，时任北京大学教授、中国银行发行部主任。

8 燕树棠（1892—？），河北定县人，曾留学美国，时任北京大学教授。

白鹏飞[1]，陈源即做《闲话》的西滢，丁燮林[2]即做过《一只马蜂》的西林，周鲠生[3]即周览，皮宗石[4]，高一涵[5]，李仲揆即李四光曾有一篇杨荫榆要用汽车迎他"观剧"的作品登在《现代评论》上的，都是北大教授，又大抵原住在东吉祥胡同，又大抵是先前反对北大对章士钊独立的人物，所以当章士钊炙手可热之际，《大同晚报》曾称他们为"东吉祥派的正人君子"，虽然他们那时并没有开什么"公理"会。但他们的住址，今年新印的《北大职员录》上可很有些函胡了，我所依据的是民国十一年的本子。

日本人学了中国人口气的《顺天时报》，即大表同情于女子大学，据说多人的意见，以为女师大教员多系北大兼任，有附属于北大之嫌。亏它征得这么多人的意见。然而从上列的名单看来，那观察是错的。女师大向来少有专任教员，正是杨荫榆的狡计，这样，则校长即可以独揽大权；当我们说话时，高仁山即以讲师不宜与闻校事来箝制我辈之口。况且女师大也决不因为中有北大教员，即精神上附属于北大，便是北大教授，正不乏有当

1 白鹏飞（1870—1943），广西桂林人，曾留学日本，时任北京大学法律系教授。
2 丁燮林（1893—1974），江苏泰兴人，曾留学英国，时任北京大学教授。
3 周鲠生（1889—1971），湖南长沙人，曾留学英、法，时任北京大学教授、政治系主任。
4 皮宗石（1887—1954），湖南长沙人，曾留学日、英，时任北京大学政治系教授。
5 高一涵（1885—1968），安徽六安人，曾留学日本，时任北京大学教授。

学生反对杨荫榆的时候，即协力来歼灭她们的人。即如八月七日的《大同晚报》，就有"某当局……谓北大教授中，如东吉祥派之正人君子，亦主张解散"等语。《顺天时报》的记者倘竟不知，可谓昏瞀，倘使知道而故意淆乱黑白，那就有挑拨对于北大怀着恶感的人物，将那恶感蔓延于女师大之嫌，居心可谓卑劣。但我们国内战争，尚且常有日本浪人从中作祟，使良民愈陷于水深火热之中，更何况一校女生和几个教员之被诬蔑。我们也只得自责国人之不争气，竟任这样的报纸跳梁！

北大教授王世杰[1]在撷英馆席上演说，即云"本人决不主张北大少数人与女师大合作"，就可以证明我前言的不诬。至又谓"照北大校章教职员不得兼他机关主要任务然而现今北大教授在女师大兼充主任者已有五人实属违法应加以否认云云"，则颇有语病。北大教授兼国立京师图书馆副馆长月薪至少五六百元的李四光，不也是正在坐中"维持公理"，而且演说的么？使之何以为情？李教授兼副馆长的演说辞，报上却不载；但我想，大概是不赞成这个办法的。

北大教授燕树棠谓女大学生极可佩服，而对于"形同土匪

---

1 王世杰（1891—1981），湖北崇阳人，曾留学英、法，时任北京大学教授，现代评论派成员。

破坏女大的人应以道德上之否认加之"，则竟连所谓女大教务长萧纯锦的自辩女大当日所埋伏者是听差而非流氓的启事也没有见，却已一口咬定，嘴上忽然跑出一个"道德"来了。那么，对于形同鬼蜮破坏女师大的人，应以什么上之否认加之呢？

"公理"实在是不容易谈，不但在一个维持会上，就要自相矛盾，有时竟至于会用了"道义"上之手，自批"公理"上之脸的嘴巴。西滢是曾在《现代评论》（三十八）的《闲话》里冷嘲过援助女师大的人们的："外国人说，中国人是重男轻女的。我看不见得吧。"现在却签名于什么公理会上了，似乎性情或体质有点改变。而且曾经感慨过："你代被群众专制所压迫者说了几句公平话，那么你不是与那人有'密切的关系'便是吃了他或她的酒饭。"（《现代》四十）然而现在的公理什么会上的言论和发表的文章上，却口口声声，侧重多数了；似乎主张又颇有些参差，只有"吃饭"的一件事还始终如一。在《现代评论》（五十三）上，自诩是"所有的批评都本于学理和事实，绝不肆口嫚骂"，而忘却了自己曾称女师大为"臭毛厕"，并且署名于要将人"投畀豺虎"的信尾曰：陈源。陈源不就是西滢么？半年的事，几个的人，就这么矛盾支离，实在可以使人悯笑。但他们究竟是聪明的，大约不独觉得"公理"歪邪，而且连自己们的

"公理维持会"也很有些歪邪了罢,所以突然一变而为"女子大学后援会"了,这是的确的,后援,就是站在背后的援助。

但是十八日《晨报》上所载该后援会开会的记事,却连发言的人的名姓也没有了,一律叫作"某君"。莫非后来连对于自己的姓名也觉得可羞,真是"内愧于心"了?还是将人"投畀豺虎"之后,豫备归过于"某君",免得自己负责任,受报复呢?虽然报复的事,并为"正人君子"们所反对,但究竟还不如先使人不知道"后援"者为谁的稳当,所以即使为着"道义",而坦白的态度,也仍为他们所不取罢。因为明白地站出来,就有些"形同土匪"或"暴徒",怕要失了专在背后,用暗箭的聪明人的人格。

其实,撷英馆里和后援会中所啸聚的一彪人马,也不过是各处流来的杂人,正如我一样,到北京来骗一口饭[1],岂但"投畀豺虎",简直是已经"投畀有北"的了。这算得什么呢?以人论,我与王桐龄,李顺卿虽曾在西安点首谈话,却并不当作朋侪;与陈源虽尝在给泰戈尔祝寿的戏台前一握手,而早已视为异类,又何至于会有和他们连席之意?而况于不知什么东西

---

1 骗一口饭,这里指教书而言。

的杂人等辈也哉！以事论，则现在的教育界中实无豺虎，但有些城狐社鼠[1]之流，那是当然不能免的。不幸十余年来，早见得不少了；我之所以对于有些人的口头的鸟"公理"而不敬者，即大抵由于此。

十二月十八日。

（最初发表于1925年12月24日《国民新报副刊》）

---

1 城狐社鼠，比喻依势作恶的小人。

# 这回是"多数"的把戏

《现代评论》五五期《闲话》的末一段是根据了女大学生的宣言，说女师大学生只有二十个，别的都已进了女大，就深悔从前受了"某种报纸的催眠"。幸而见了宣言，这才省悟过来了，于是发问道："要是二百人（按据云这是未解散前的数目）中有一百九十九人入了女大便怎样？要是二百人都入了女大便怎样？难道女师大校务维持会招了几个新生也去恢复么？我们不免要奇怪那维持会维持的究竟是谁呢？他们的目的究竟是什么呢？"

这当然要为夏间并不维持女师大而现在则出而维持"公理"的陈源教授所不解的。我虽然是女师大维持会的一个委员，但也知道别一种可解的办法——

二十人都往多的一边跑，维持会早该趋奉章士钊！

我也是"四五十岁的人爱说四五岁的孩子话"，而且爱学奴才话的，所以所说的也许是笑话。但是既经说开，索性再说几句罢：要是二百人中有二百另一人入了女大便怎样？要是维持会员也都入了女大便怎样？要是一百九十九人入了女大，而剩下的一个人偏不要维持便怎样？……

我想这些妙问，大概是无人能答的。这实在问得太离奇，虽是四五岁的孩子也不至于此，——我们不要小觑了孩子。人也许能受"某种报纸的催眠"，但也因人而异，"某君"只限于"某种"；即如我，就决不受《现代评论》或"女大学生某次宣言"的催眠。假如，倘使我看了《闲话》之后，便抚心自问："要是二百人中有一百九十九人入了女大便怎样？……维持会维持的究竟是谁呢？……"那可真要连自己也奇怪起来，立刻对章士钊的木主[1]肃然起敬了。但幸而连陈源教授所据为典要的《女大学生二次宣言》也还说有二十人，所以我也正不必有什么"杞天之虑"。

记得"公理"时代（可惜这黄金时代竟消失得那么快），不是有人说解散女师大的是章士钊，女大乃另外设立，所以石驸马大街的校址是不该归还的么？自然，或者也可以这样说。但我却没有被其催眠，反觉得这道理比满洲人所说的"亡明者闯贼也，我大清天下，乃得之于闯贼，非取之于明"的话还可笑。从表面

---

1 木主，也叫神主，写有死者姓名当作供奉神位的木牌。当时章士钊已卸去教育总长职务，所以这里用这个词。

上看起来，满人的话，倒还算顺理成章，不过也只能骗顺民，不能骗遗民和逆民，因为他们知道此中的底细。我不聪明，本也很可以相信的，然而竟不被骗者，因为幸而目睹了十四年前的革命，自己又是中国人。

然而"要是"女师大学生竟一百九十九人都入了女大，又怎样呢？其实，"要是"章士钊再做半年总长，或者他的走狗们作起祟来，宗帽胡同的学生纵不至于"都入了女大"，但可以被迫胁到只剩一个或不剩一个，也正是意中事。陈源教授毕竟是"通品"，虽是理想也未始没有实现的可能。那么，怎么办呢？我想，维持。那么，"目的究竟是什么呢？"我想，就用一句《闲话》来答复："代被群众专制所压迫者说几句公平话"。

可惜正如"公理"的忽隐忽现一样，"少数"的时价也四季不同的。杨荫榆时候多数不该"压迫"少数，现在是少数应该服从多数了。你说多数是不错的么，可是俄国的多数主义现在也还叫作过激党，为大英大日本和咱们中华民国的绅士们所"深恶而痛绝之"。这真要令我莫名其妙。或者"暴民"是虽然多数，也得算作例外的罢。

"要是"帝国主义者抢去了中国的大部分，只剩了一二省，我们便怎样？别的都归了强国了，少数的土地，还要维持么？！明亡以后，一点土地也没有了，却还有窜身海外，志在恢复的人[1]。凡这些，从现在的"通品"看来，大约都是谬种，应该派"在德国手格盗匪数人"，立功海外的英雄刘百昭去剿灭他们的罢。

"要是"真如陈源教授所言，女师大学生只有二十了呢？但是究竟还有二十人。这足可使在章士钊门下暗作走狗而脸皮还不十分厚的教授义人学者们愧死！

十二月二十八日。

（最初发表于1925年12月31日《国民新报副刊》）

---

1 志在恢复的人，指明亡以后坚持抗清的郑成功、张煌言、朱之瑜等人。

# 后记

本书中至少有两处，还得稍加说明——

一，徐旭生先生第一次回信中所引的话，是出于ZM[1]君登在《京报副刊》（十四年三月八日）上的一篇文章[2]的。其时我正因为回答"青年必读书"，说"不能作文算什么大不了的事"，很受着几位青年的攻击。ZM君便发表了我在讲堂上口说的话，大约意在申明我的意思，给我解围。现在就钞一点在下面——

读了许多名人学者给我们开的必读书目，引起不少的感想；但最打动我的是鲁迅先生的两句附注，……因这几句话，又想起他所讲的一段笑话来。他似乎这样说：

"讲话和写文章，似乎都是失败者的征象。正在和运命恶战的人，顾不到这些；真有实力的胜利者也多不做声。

1 ZM，当时北京师范大学学生。
2 一篇文章，指《鲁迅先生的笑话》。

譬如鹰攫兔子，叫喊的是兔子不是鹰；猫捕老鼠，啼呼的是老鼠不是猫……。又好像楚霸王……追奔逐北的时候，他并不说什么；等到摆出诗人面孔，饮酒唱歌，那已经是兵败势穷，死日临头了。最近像吴佩孚名士的'登彼西山，赋彼其诗'，齐燮元[1]先生的'放下枪枝，拿起笔干'，更是明显的例了。"

二，近几年来，常听到人们说学生嚣张，不单是老先生，连刚出学校而做了小官或教员的也往往这么说。但我却并不觉得这样。记得革命以前，社会上自然还不如现在似的憎恶学生，学生也没有目下一般驯顺，单是态度，就显得桀傲，在人丛中一望可知。现在却差远了，大抵长袍大袖，温文尔雅，正如一个古之读书人。我也就在一个大学的讲堂上提起过，临末还说：其实，现在的学生是驯良的，或者竟可以说是太驯良了……。武者君登在《京报副刊》（约十四年五月初）上的一篇《温良》中，所引的就是我那时所说的这几句话。我因此又写了《忽然想到》第七篇，其中所举的例，一是前几年被称为"卖国贼"者的子弟曾大

---

1 齐燮元（1885—1946），直隶宁河（今属天津）人，北洋直系军阀。抗日战争时期曾任日伪华北政务委员会治安总署督办和华北绥靖军总司令等职。

受同学唾骂，二是当时女子师范大学的学生正被同性的校长使男
职员威胁。我的对于女师大风潮说话，这是第一回，过了十天，
就"碰壁"；又过了十天，陈源教授就在《现代评论》上发表
"流言"，过了半年，据《晨报副刊》（十五年一月三十日）所发
表的陈源教授给徐志摩"诗哲"的信，则"捏造事实传布流言"
的倒是我了。真是世事白云苍狗，不禁感慨系之矣！

又，我在《"公理"的把戏》中说杨荫榆女士"在太平湖
饭店请客之后，任意将学生自治会员六人除名"，那地点是错
误的，后来知道那时的请客是西长安街的西安饭店。等到五月
二十一日即我们"碰壁"的那天，这才换了地方，"由校特请全
体主任专任教员评议会会员在太平湖饭店开校务紧急会议，解决
种种重要问题。"请客的饭馆是那一个，和紧要关键原没有什么
大相干，但从"所有的批评都本于学理和事实"的所谓"文士"
学者之流看来，也许又是"捏造事实"，而且因此就证明了凡我
所说，无一句真话，甚或至于连杨荫榆女士也本无其人，都是我
凭空结撰的了。这于我是很不好的，所以赶紧订正于此，庶几
"收之桑榆"云。

一九二六年二月十五日校毕记。仍在绿林书屋之东壁下。

# 编篡案后记

1963年，我从山东师院（现称山东师大）中文系毕业，与三位学兄一起到泰山脚下的山东省泰安教师进修学校（后来称为泰安半工半读师范专科学校——泰安工读师专，泰安师范专科学校——泰安师专。现称泰山学院）报到。那时，我21岁，身高1.7米，体重88斤。

后来才知道，毕业前夕，山师中文系冯光廉先生等好几位教研室主任一起向中文系领导建议让我留校任教，系领导也就同意，但因为种种原因，审查没有通过。

把我从中文系近两百名应届毕业生中挑出来送到高校任教的，是业师书新先生。那年，他从山东师院中文系副主任调任山东省泰安教师进修学校中文科并任科主任时，提出两个条件：一是泰安出一笔钱，让他到上海选购一批组建中文科资料室必需的图书杂志；二是挑选四个应届毕业生去泰安——于是，我就这样和三位学兄一起，不知不觉完成了从学生到教师的转换。

在泰安，我被分配到函授中文组教古代文学，从《诗经》的《七月》教到《牡丹亭》《红楼梦》的节选。我刚刚摸到一点点门径，1964年，又奉命改教现代文学。面对这种无法拒绝但又不知道如何应对的学校决定，我想起在山师教我们现代文选的书新先生。他笑嘻嘻地带我到济南向真正的现代文学专家田仲济先生请教——于是我因缘际会走进了中国现代文学这一决定了我一生命运的学术王国。

1973年暑假，被山东省教育厅军代表曹同志指令迁移到曲阜与曲阜师院合并的山东大学中文系现代文学教研室的诸位先生，邀请山东师院中文系现代文学教研室的同行，到曲阜研讨此时此刻的教学问题，书新先生被他在山师的同事邀请，他还带我同行。路上，山师的老师们建议泰安师专的现代文学教研组编写一部用鲁迅自己的话，说明鲁迅到底是个什么人的鲁迅语录。我们欣然赞同，回校后马上动手。

这本后来定名为《鲁迅生平自述辑要》的书稿，写得颇为艰难。主要是我的课时太多了，最多时每周三十节，即周一到周六，每上午四节，周一、三、五下午各两节，周二下午政治学习，周四下午业务学习，都是"雷打不动"的。记得我曾以课文《武松打虎》为例，参加集体备课。我当时以《矛盾论》为指导思想，把武松和老虎看作一对矛盾，开始时老虎是矛盾的主要方面，后来武松经过主观能动性的出色发挥，终于变被动为主动，转化为矛盾的主要方面，从老虎要吃掉武松转化为武松打死老虎——是矛盾"有条件转化"的好例证。这叫活学活用，当时很受夸奖。编书的时间，就只能安排在深夜。

1974年底，书编完了，出版又成为问题。原来是打算以《山东师范学院学报》增刊的名义印行，但书稿编成后，字数太多，增刊"吃不下"。于是山师的老师们推荐到山东人民出版社，好长时间也没有下文。直到1975年，事情才有了转机。这年10月25日，鲁迅的儿子周海婴根据胡乔木的建议给毛泽东主席写了一封信，请求出版鲁迅的全部著作。11月1日，毛主席批示："我赞成周海婴同志的意见。请将周信印发政治局，并讨论一次，作出决定，立即实行。"[1]国家出版事业管理局为此做出规

---

1 中共中央文献研究室，邓小平年谱（1975—1997），中央文献出版社2007年版，第124页。

划：立即着手出版《鲁迅日记》《鲁迅书信集》，重新编注《鲁迅全集》。中共中央和毛主席于1975年12月5日批准了这个规划。为具体贯彻这一重要指示，1976年4月，国家出版事业管理局在济南主持召开了鲁迅著作注释工作座谈会，传达并讨论毛主席的批示，有力地推动了工作的进展速度。1976年7月，《鲁迅日记》出版；8月，《鲁迅书信集》出版。经中共中央批准的鲁迅著作注释工作座谈会在济南召开，这是山东的大事兼喜事，当然最好是拿出一部鲁迅研究的著作，才对得起这样隆重的节庆。不知哪位先生说起我们这本搁置已久的书稿，据说领导当场就拍板，将其作为山东的重点书目推出。山东人民出版社要求我们充分利用新出版的《鲁迅日记》与《鲁迅书信集》，一则丰富若干细节，同时可以澄清若干人为的谜团与假象，尽量回归鲁迅生平与写作的本真面目。

1979年，这部"起死回生"的书，经过几年的打磨修改，终于由山东人民出版社推出。那时出书是没有稿费一说的，更没有什么"出版合同"。责任编辑向社领导打报告，以刘某家庭生活困难为由，申请到"生活补助费"600元。书新先生领到后，立马写信让我到山师去取。他刚刚调回济南，还住在学生宿舍楼底层一间拐角的房子里。我到他住处，只见他左顾右盼，确信四周没有人看见，才从盛面粉的小缸底部取出用报纸层层包裹的600元。然后说，这里不安全，到操场上去分吧。先是让我"站岗放哨"，他来点钱，然后他"望风"，让我"复查"。我拿到300元后，他叮嘱我要分成5份，分装在不同的口袋及人造革提包里带回泰安……

鉴于种种原因，我们没有以真名署为作者，而是化名为"舒汉"。"舒"字谐音书新的书，"汉"则取自先父为我取的原名"醒汉"。从那时到现在，很少有人知道这是我们师生合作的产物。

当我出版这第一部书的时候，吴福辉、钱理群、王富仁等略略年长于我的学者，还都是在读的学生；而今，他们在学术上的建树早已令我难以望其项背了。这部书，倒成了我出道早、进步慢的佐证！真令人浩叹天道之诡异。但也并不尽然。2006年，我到上海鲁迅纪念馆参观，馆里的李浩先生带我参观他们的一面展览墙，上面密密麻麻排列着各个时期出版的鲁迅研究著作。他指着《鲁迅生平自述辑要》对我说：这是新时期出版较早的一部书，可惜不知道作者。我不禁失笑起来，说这回他问对人了，作者之一，就是鄙人！他颇为吃惊，说这部书很有价值，应该重排再版。我也很兴奋，希望能够重新编排，以全新的面目，告慰书新先生。但联系了几家出版社，都未获出版机会——我只有再一次长叹。

前不久，老朋友魏建老师和济南出版社的编辑先后联系我，说济南出版社有给当下的青年读者编纂一本展现鲁迅自评其文学作品的读物的意向。我无法请教谢世多年的书新先生了，但自以为这样做应该符合已故先师的意愿，就答应下来。而且从1974年完成《鲁迅生平自述辑要》的初稿，到如今恰好五十个年头。五十年风雨兼程，半世纪岁月如歌——冥冥中好像是我从事鲁迅研究的开端与终点的回环照应，更可以看作自我生命的一番更新、一度升华！

当然，此番设想能否成为现实，除去自己的努力，特别是与出版方的精诚合作以外，四方师友的指导帮助，更是决定的关键。

衷心感谢玉成此事的魏建老师和济南出版社的编辑们。

刘增人

2024年12月

**图书在版编目（CIP）数据**

华盖集 / 鲁迅著；刘增人编纂 . -- 济南：济南出

版社，2025.3. --（鲁迅自评版作品集）. -- ISBN 978-

7-5488-6946-7

Ⅰ. I210.4

中国国家版本馆 CIP 数据核字第 20257CL086 号

出 版 人 谢金岭
出版统筹 刘秋娜
责任编辑 刘秋娜
装帧设计 牛 钧

出版发行 济南出版社
地　　址 山东省济南市二环南路 1 号（250002）
编 辑 部 （0531）82774073
发行电话 （0531）67817923 / 86018273 / 86131701 / 86922073
印　　刷 山东临沂新华印刷物流集团有限责任公司
版　　次 2025 年 3 月第 1 版
印　　次 2025 年 3 月第 1 次印刷
开　　本 145mm×210mm　32 开
印　　张 6.5
字　　数 105 千字
书　　号 ISBN 978-7-5488-6946-7
定　　价 32.00 元

如有印装质量问题 请与出版社出版部联系调换
电话：0531-86131736